游施和 ◎ 著

自序

小說是虛構的；但如與現實脫節，恐無可讀性。

這篇小說的寫成，首先應該感謝秀威出版協理李坤城、美編羅季芬及其工作人員。還有賢內助，讓我無後顧之憂，得以專心思考、寫作。

其次應該銘謝張醫師，提供並指導我所需要的醫藥知識。還有劉松壽、金寧老師、陳錫琛兄及張聚奎兄的文句潤飾及提供寶貴意見，並此致謝！

張聚奎兄未見全書完成，即行遠遊西方樂土，深感惋惜！特此致哀！

中華民國九十四年六月四日

目次

目錄

（一）陳憨厚飛台後仍任國小教員

陳憨厚從閩南飛台灣後，本無大志，祇想求得溫飽罷了。所以直奔新竹找到幼時好友石順虎。

承蒙石老師的推薦得以進入新竹市立某國小當國語教員。

開學典禮在該校大操場舉行。

胖胖的黃校長穿著半新不舊的西服，是主持人。他的眼光掃及全場，容貌嚴肅。據石老師說：「校長的漢學基礎深厚，並富有民族意識。」行禮如儀後，隨即介紹陳老師跟全體師生見面，並且客氣地請陳老師講話。

陳憨厚瘦小的身軀，服飾是中山裝。沒想到要演講，受寵若驚，一時霧煞煞，不知講些什麼？又不便推辭，也就上台，糊裡糊塗地吐露心中鬱積十多年的國仇家恨，什麼「日本軍隊在中國大陸各地殘殺我無辜同胞……。」講個不停，讓全校在場的師生為之愕然。

這樣冗長沉悶的演說，事後陳憨厚也直覺不妥。會不會瘋了？太無理性？為什麼不

知自制呢？

石老師也回到宿舍裏。有一次，他們閒談同事之間相處之道。石老師還講：

「全台灣多數老師們都覺得日據時代日本刑事嚴刑峻法，治安比光復後良好。行政也較有效率。我們這些外地人應該尊重在地人的意見。否則，恐怕造成同事之間的隔閡？」

陳憨厚為此自責，沉悶了好幾日……。

陳憨厚是本學期才來的新教師，教務處編排的課程教些不升學班的國語、常識等科目。

（二）打入運動團體談何容易

該校老師們課餘運動，時興打棒球。陳憨厚在閩南故鄉，從未見過這玩意兒，也不懂得打棒球的規則。

有一個週末的下午時分，陳憨厚老師受所擔任國語課程的班級級任老師林永誠的邀請，參加了這一項棒球練習運動。林老師雖然熱心講解棒球的玩法，甚至口沫橫飛；但陳憨厚聽得似懂非懂？但一同到了該校棒球場。

林老師邀約的八位同事（教員）分成兩隊練習起來。

陳憨厚老師與林老師同隊，先防守。陳憨厚是一壘防衛。林永誠為投手，另一位矮瘦的李興老師為捕手，另一位碩壯的蕭金華老師也是防守。

其他四位老師為敵隊的打擊手。

就在這樣不完整的陣容練習起來。

先是邵興老師打擊，安打佔壘。

繼之是呂明亮老師安打佔壘；邵興老師奔跑得分。

後由張大石老師打擊，三振出局。

繼之施治台老師的高飛球出界。

結束一局，換局再打。

雖然林永誠球技超群，但陳憨厚屢打落空，防守又笨手笨腳。玩了一下午，勝負難分。以後再也無人邀約陳憨厚老師。雖然陳老師積極觀賽，還是打不進這項運動團體。

（三）儉樸酬應見真情

台灣省光復後，社會枯乾，尚能崇服儉樸。

林永誠老師第一個男孩滿月，邀請了全校同事集合在一起祝賀。是時入冬季節，該校六年乙班佈置乾淨而成一個口字型的椅桌陣式的教室。中間坐著一對年輕夫婦，妻子穿上入時的紫紅衣裙，手中抱著一位可愛的嬰兒；丈夫也穿著一套舊式的黑色西服，滿臉笑容地跟客人打招呼。

五十來歲性格外向的教導主任陳東來西裝畢挺地向著主人祝賀：「貴子多福。」陳憨厚也跟上恭喜，祝福地說：「生男長壽。」然後退步坐在椅子上。

這時桌上已安排一碗油飯、一碗味素豆腐湯。客人同事一批批的到來。這時黃校長也親臨慶賀，坐在首席上位。主人招呼大家不必客氣，大家開始吃油飯、味素豆腐湯。

迨至吃食完畢，林永誠老師抱著嬰孩偕同妻兒恭送同事出了教室門口，這樣盛情洋溢歡樂慶祝會，才算完畢。陳憨厚老師從未見過如此場面，熱情永留心中。

（四）宗祠活躍是漢族的根源

有一天，國校盛傳鄭曼青等到達新竹市鄭氏宗祠表演太極拳。據同事邵興老師講：「這座鄭氏宗祠還是鄭成功的後裔集資興建的。」但據史籍記載：「鄭成功的誕辰是八月廿七日。」

今天舉行這一盛會，應該是道家的太極拳盛會。

陳憨厚不管這些，急於找到鄭氏宗祠較重要。幾經奔波，他到達了鄭氏宗祠門口，院子裡已經擠滿人群。

陳敢厚先在人群後觀望片刻，即趁孔鑽隙地進入民眾群中。祇見廳堂裏正中央，有一位穿著藍色長衫的長者，擺個姿勢誇耀：「這一手臂力量無窮？」另有幾位也是這一服式的老者，坐在正中央。

有個壯漢上前質疑？還近身測試，發現確實如此。向觀眾說明後，也就讓長者表演拳套。

陳憨厚自覺國術與強身有莫大關係。必能留傳久遠。可惜當時無法學到拳術？也就

回到宿舍裡了。

在此國小一學期，教書之餘祇與石順虎、王再舜……等，聊及台灣的過去與未來。

（五）在屏東縣的鄉間傳習國語

為了瞭解台灣，陳憨厚第二學期深入南部鄉間。

在同鄉李迪克老師推介下到了屏東縣某國小任教。（當時國小教師，尤其是國語科教師奇缺，祇要在校教員介紹新教師，即能擔任教職。）

這一學校雖是在偏遠的鄉間；卻頗具規模的學校。校長林有奇，是當地望族。卻家在屏東市，常跑縣府，校務授權教務主任吳天來負責主持。

吳天來主任是大概有六十歲的誠懇老者，膝下有一女兒吳麗娟，臉貌秀麗；但穿著比鄉下姑娘高明些，卻羞與人為伍，還是這所學校的教師。

這村莊雖然只百來戶，但有街道，有雜貨店，是陳憨厚時常進出的店鋪。店主操詔安口音，據說是福建省詔安縣來的新移民。既是陳憨厚的閩南同鄉，倍感親近。沒想到他倆夫婦沒有子女，又常常爭吵。

陳憨厚天真地想當「和事佬」。先問了丈夫；丈夫雖然是男子漢穿著漢裝，面貌與體格算得很在王（閩南語「粗壯」）。但行為卻像小人般。這丈夫動不動就往店裡溜出，還喊：「玉娘（其妻子）會拳頭（即國術）動不動就出手；不講理，所以我怕她。」

玉娘（其妻子）穿著如村姑，從房中步出舖前，煞有介事地威嚇著講：「有拳頭就無道理嗎？你這小子今晚就不要回來！」

他們夫妻常常這樣大聲怒吼！讓陳憨厚也插不上話。

陳憨厚常常仔細分析：竟是小事一樁。是以常常規勸丈夫王來盛：「要講道理，不要爭吵。祇要不吹求疵，就可相安無事了」。但是這對歡喜冤家，「床頭打架、床尾和」，就是愛吵架，而且還大方地鬧個天翻地覆，鄰居也習以為常。他們夫妻完全不懂「家和萬事興」的真諦，陳憨厚要管也管不了，只好說了「清官難斷家務事」，不了了之。

陳憨厚在這所國小了當了五年級級任老師，教些國語、常識等課程。

有一天在辦公室碰到一位膚色黑黝黝的青年人，兩顆眼睛圓大似銀鈴。

陳憨厚以為他是東南亞來的人。後來李迪克老師悄悄告訴陳憨厚：「他是本校工友涂忠義，誠實認真的山地青年（現稱原住民），他的工作是巡視校園。」

陳憨厚嗣後常在校園內無意中邂逅到他，也就順便叫他一下「涂忠義」。而涂忠義總是呆呆地望著陳老師傻笑，好像聽不懂陳老師的語言的樣子？像想講話又吞回去。

後來混熟了，涂忠義用日語向教務主任吳天來說：「他很想學國語。」陳老師能夠理解這種需要；也願意負起這一責任。但卻苦於不懂得山地話（現今稱為原住民語言）或日語，怎樣教他呢？

陳老師悶了好幾天，才大膽地告訴同鄉李迪克老師。

李老師有家室又有二個寶寶，整天忙個不停；雖有豐富的教學經驗，卻無從撥出其寶貴的時間。也就建議陳老師：「可採用直觀教學法。如欲教學說「鉛筆」，就拿鉛筆給學者觀看，然後直指「這是鉛筆」。陳老師領會這是好方法，雖然在師範學校學習過，但卻未實施過，沒有李老師的靈活實用。

每次碰到涂忠義，陳老師就說：「這是桌子」、「這是椅子」、「這是牆壁」、「這是泥土」。就這樣兩人之間，慢慢地建立互相信任的深厚感情。

涂忠義初學時，祇是笑笑；後來也就能動口說話，跟著學會了不少國語。

（六）無意中得高人指點

是一個暮春的星期天。陳老師悶在宿舍裏，百無聊賴地伸個懶腰。站起深深一呼吸，就將宿舍門虛掩，慢步地走出去，經一道圍牆，再跨越校園。了無目的地向前走去，逢彎轉角，順其自然，也不知走向何處？反正是假日放鬆放懷地走……不知不覺地到了一處垂柳繞塘的景地，望著池水清澈，環境幽靜似仙境的綠地，前面則是森林成蔭的山巒。

沒想到池邊石頭上，坐著一位老者。頭髮銀白，臉若丹棗，兩耳厚實，嘴下還留有五撮山羊髭，仙風道骨外穿一襲青布長袍。

陳憨厚不敢怠慢走上去，恭敬地行個禮。

「先生您好！」陳憨厚意識到他非在地人，所以用國語打招呼。

「您也好！」老者站起來，說的是北京口音。

「您來台灣多久了？」陳憨厚隨口說說。

「光復後來台。」陳憨厚感想同是「天涯淪落人」比較有共識。

「請教貴姓大名？」陳憨厚進一步想瞭解這位老者的一切。

「我是道家，師父命名『天施子』。」老者不加掩飾地講。

「天施子道長，請多多指教。」陳憨厚也知尊敬博學鴻儒的長輩。

「你是教涂忠義國語的陳老師嗎？」陳憨厚沒想到他能認識自已。

「是的，我就是。」陳憨厚毫不隱瞞。

「我在華北的時間多，因為看不慣毛澤東的做法，所以到這個寶島來。各地方言雜亂，還是先推行國語文，再推行思想教育為基礎，這樣國家鞏固比較穩定。」陳憨厚洗耳恭聽，覺得前輩學問廣博，有「聞君一席言，勝讀十年書。」之慨。所以，讓陳憨厚決心推行國語文與思想教育。

老者侃侃而談，陳憨厚恭而敬之。不到一點鐘後，老者從衣袋中掏出一本書交到陳憨厚手上。並說：「這是我的心血結晶，希望你能詳細閱讀。」

陳憨厚只得接受，並且順口說：「一定閱讀、一定好好地精讀熟悉其內容真諦。」

老者觀察一會兒，覺得陳憨厚誠心誠意的承諾，這才跟陳憨厚握手道別。

陳憨厚回到宿舍裏，確實將這本小冊子，反覆背誦。再訪老者，老者一去無影無蹤。第二學期，陳憨厚到了台中市。

（七）新娘學校的理想與挫折

台中市某家事學校校長朱日貴是台中人，因此台中某家事學校教職員中頗多台中人。據說，朱日貴在日據時代的台中師範學校畢業後，就一直擔任公學校（日據時代台灣的小學生（兒童），衹能進入公學校就讀；日本小學生即入日本小學校就讀。至於師資、設備、經費、課本等都有很大的歧異。）的小學教員。光復後，他才升為台中縣某家事學校的校長。

朱日貴的偉大理想，衹是仿傚日本的新娘學校。因此，他的一舉一動都是模仿日本人的動作。他的鼻子下留有兩撮短髭，已經六十出頭歲了，還是全神貫注地推行日語（在日據時代）與國語（在光復後）。但他的國語不很流暢。

他每日上下班，都以人力車代步，顯得頗為威風神氣。人力車夫老趙拿的是學校的薪俸，除拉車外，有空暇時，得做朱校長家中的雜務。聽說這是日據時代遺留下來的風氣。

陳憨厚跟同學鄭謹懇借住同鄉安一溪的宿舍裏。

安一溪身材高瘦年輕有為，每天清晨即在後院園裏的花叢樹下朗誦英語；因為他是台中市外事警官，必需以英語跟外籍人士溝通，打交道。

他的臉貌美好，風度翩翩親切近人，即使初次和他見面，也好像老朋友一樣，無所不談。因此三位不同機構的人合伙，僱請一位本地婦人名叫阿梅來料理三餐，並整理屋內清潔事宜。

阿梅年紀將近四十歲。高頭大馬，工作勤快。燒菜頗合大家的胃口，閒暇時間，大家聊天兼學習日語。她也常常說些日本人的風俗習慣，常訴說日本刑事（即警察）的兇狠與霸道。

鄭謹懇常穿黑色中山裝，顏面瘦削，態度誠懇，不苟言笑，是教育局職員。

安一溪出門著警服，一回宿舍，即著睡衣或便服。談笑風生在高興時，免不了吹噓他在「二二八事變」中的勇敢角色。他還告訴大家：「那時（剛光復時）的貧窮現況，所有鐵器都被日人索刮一空。」

他也這樣告訴大家：「他扮成『反政府』的學生，混在群眾中的情節跟風險；還有台共的動向——多數逃亡大陸」。

陳憨厚為了參加台灣省教育廳舉辦初級中學教師檢定考試，而沉浸在台中圖書館中專心一意地準備考試事宜。

民國三十八年元旦，檢定考試放榜了。

當時新聞報導：初中歷史科教員有三十三名應試，祇錄取三名。陳憨厚竟然是榜首。

陳憨厚受此激勵，那有不積極進取之理，因此成為台中圖書館的常客，興趣也多方面發展。

第二學期剛開學不久，學校裡出現了一位陌生神秘人物（後來打聽才得知是省教育廳督學），跟教務主任姜秋華悄悄坐在一年甲班的學生座位後面的椅上。準備觀摩陳憨厚教國文課的教學過程。（因為當時國文教員奇缺，所以教務處排陳憨厚擔任國文課程）。

陳老師按照平常上課的方法進行國文教學。

先在黑板上寫著「愛蓮說」，又寫下「周敦頤」三小字。

然後向全班同學發問：「妳們看過蓮花嗎？」（引起動機）

有些同學愕然以對，但少數同學卻講「看過！」

「妳們在那裡看過？」（因為那時台中市蓮池很少）

「在佛堂裹看到。」（台中市佛教寺廟卻很多）

「那是佛祖坐在蓮台上。蓮臺形似蓮花，是木料做的仿蓮花，非真蓮花。」

「蓮花可有別名嗎？」陳老師再問同學。

「有的，也叫荷花。本地稱謂是荷蓮花。」

「『愛蓮說』的作者是誰？」陳老師進一步提起作者。

「周敦頤。」

「是何時人？」「宋朝。」

陳老師簡要地介紹周敦頤是宋朝理學大家，人格高尚，自已比為蓮花，以蓮的特質：潔身自愛，守正不阿。來寫「愛蓮說」是說明他的志氣。立意明白，好像君子的人品德性。

並引進國文課本第三課：「……予獨愛蓮之出淤泥而不染，濯清漣而不妖……。」

（以為決定目的）

並再說明「社會」，陳老師說：「有人說：『社會好像大醬缸一樣』。人一出社會，就像跌進大醬缸，不能自拔。」這是「出淤泥而不染」相對是清高人格的寫照；「濯清漣而不妖」。這是對句。「濯清漣」是「洗清了」「而不妖」，就是不怪異，不不正常。綜合來說：「清白做人做事，而不怪異。……」

並再黑板上寫下「予」音ㄩˊ，指自已就是我。「蕃」音ㄈㄢˊ是茂盛、很多的意思」。「淤」音ㄩ，「濁泥」，指「社會惡劣」。「李唐」與「唐堯」有別，「李唐」建國者是李淵，「唐堯」是堯的朝代稱呼……等的生字詞語的注音跟解釋。

這樣的教學過程，因為有省督學的視察及教務主任姜秋華的督導，所以全班學生的表現熱烈，能夠集中注意力，反應甚佳。雖然省督學跟教務主任沉默不語，但從其笑容上體會，還不致有惡劣的評語。

由此可見當時台灣省師資嚴重欠缺，省教育廳訂定出「高、初中教員檢定考試辦法」，除了筆試之外，另有配套措施—視察並觀看實地教學。

民國三十八年元月陳誠接任台灣省主席，厲行土地改革，發行新台幣，特別重視基層教育。四月大陸東北不保，國軍節節敗退。五月台灣省實施戒嚴。十月倖有金門古寧頭大捷；台灣省得以防守，十二月中央政府遷台。

（八）保衛大台灣

台中市來了不少跟政府撤退而來的各省精英人士。房價因此暴漲，少數投機份子把公家宿舍出售，發了國難財。

陳憨厚卻深深思念在故鄉的寡母與幼弟，曾匯款回家，卻遭銀行退還，因此只能留意大陸的動盪及浩劫。

偶然在書攤翻閱一本描述閩南淪陷後的雜誌，記述著閩南地方人士的悲慘遭遇。其中熟悉的人有不少，但與陳憨厚有密切關係者如鄉長鄭善培、鄭上珍等慘遭殺害，國小校長歐陽宸被關進勞改營……。

陳憨厚悵悵惋惜，其罪何至於死？孱弱的校長受得了勞動改造嗎？…失望…失意…。只覺得中共清算鬥爭，是兄弟鬩牆，同胞互相殘殺的結果，不是中華文化，是舶來品。

如果台灣淪陷？我們將會怎樣下場？為求生存，必需團結。陳憨厚陷於沉悶、深思中。因此向某黨部辦理歸隊，納入組織。

當時政局動盪，民心飄搖。台中市有不少世故、投機的人存心觀望。陳憨厚本性憨直，祇問是非，不計利弊，抱定撩下去的決心——力求專心奉獻。因此市黨部召集的會議，知無不言；指示的工作，無不盡心盡力地做好它。因為熱心工作，被選為台中某區分部常務委員。

民國三十九年七月該黨實行改造，陳憨厚被選為該黨區分部改造委員。同時由台中市黨部組織「正氣歌詠隊」，聘請名作曲家李中和擔任指導員，唱出〈保衛大台灣〉以及反共抗俄歌曲數十首；並到台中裝甲兵電台播出，讓反共歌聲響徹雲霄，傳遍全國各地。

陳憨厚此時搬進台中市平等街某家事學校宿舍。正氣歌詠隊副隊長楊中華，隊員田一沖、姜豪等常到陳憨厚宿舍裡聊些歌詠隊瑣事。

楊中華自稱在部隊退休，其臉貌方正，為人誠懇，說話率直，是個北方漢子；但歌喉卻相當宏亮。正氣歌詠隊曾舉辦晚會，楊中華表現出色，不愧為副隊長。

田一沖體形沒有楊中華碩壯，但較年輕，有活力，是台中市某校的職員。

姜豪瘦削的臉形，走路搖擺快速，是陳憨厚的常客。

陳憨厚那時抱定「反共救台灣」，故有「四海之內，皆兄弟也。」的胸襟，與誰都談得來。但比較有交集的議題是「反共」。

由於田一沖常談這一話題：「馬列主義是唯物思想」。楊中華進一步插嘴講：「中共的哲學是『各盡所能，各取所需』。不如國父的『各盡所能，各取所值』。因為人類有賢能與愚庸之分，不能一概而言，所以『人生以服務為目的』，有益於人類生存發展」。

姜豪也常歸納的講：「實行共產主義，恐怕會變成『懶人國』，如大鍋飯一開動，大家多吃一點就不夠一樣」。

陳憨厚靜聽大家討論的話，是些共產理論的討論。也就提醒大家：「能『保衛大台灣』，才能為中華民族留下一片乾淨土。否則，什麼也完了」。

（九）在青年夏令營中的心得

民國四十年暑假。

市黨部推薦陳憨厚參加青年夏令營。

剛報到完畢，住營區的傍晚時分。

就依稀聽到東北老鄉描述東北四省勝利後，接收初期：「俄國人怎樣阻延我國接收工作，並且竊佔日本在東北四省的工廠機器，如何搬運到俄境的情形。當中較稀奇的是俄國人不但搶走我東北四省日人的工業資源，而且還掠奪了我東北四省農民牧者的牛羊；這可以從蘇聯飛機上掉下來的牛羊為證。蘇聯男兵不但常常強姦我國婦女，比較古怪的是蘇聯女兵也強迫我國大男人與之淫亂。」

這些荒唐無恥的事，陳憨厚從未聽過，所以記憶猶新。也就因此，無法入眠，又聽到江浙老鄉娓娓道來：「中華民國二十五年前的中央政府的政策是『先安內，再攘外』，也就是『先剿共，再抵禦日本』。沒想到當年年底時，共黨只剩下不到二千人時，『西安事變』發生了。改變中央政策，讓共黨坐大。再加上國際共產黨崛起，幾乎染紅了半個地球。

「八年抗戰讓中國貧困，再加上多數人的錯誤主張偽軍收編。結果偽軍、日本關東軍的少數軍人投共；致使東北失利，兵敗如山倒。不出幾年，河山變色，不堪回首。」……。

陳憨厚雖笨。想起了天施子道長贈書中有一句：「捨已從人」，「捨已」則無私，「從人」是順應世界潮流價值。也就是跟從人類的主流價值前進。如今主流價值是自由、民主與提高人民生活水準。國父中山先生建立亞洲第一個自由民主共和國；其偉大的理想——民族、民權、民生是否符合自由、民主、均富。陳憨厚不斷思索，反覆地想……想……迨至沉進入夢鄉。

翌晨，起床後，還要打綁腿、戴軍帽，過著軍人的生活。因為青年夏令營實施軍事管理，帶頭的隊長是軍官。

陳憨厚笨頭笨腦，卻祇記得蔣中正總統親臨青年夏令營訓話。題目是〈時代考驗青年，青年創造時代〉。

蔣總統講到大陸失敗時，熱淚盈眶。……「決心反共復國，勵精圖治」。陳憨厚雖愚笨，也感動不已；全場更是鴉雀無聲，好像凝結成為鋼鐵般的意志。塑造了台灣的安定、發展、繁榮的力量。

受訓一個月，令人印象深刻的是：蔣經國先生親自駕駛吉普車到營地來對青年朋友講話。講話內容具體，語調拋地有聲。表現出多麼堅強的信心。

至於台灣省主席陳誠，在台灣省任內推行的「三七五減租」、「放領公地」，以及「耕者有其田」。陳憨厚表示贊同，這是實踐民生主義的農村改革的一部分。再加上「地方自治」的實行，雖非民權主義的全部實踐，但是由淺入深的進行著。至於抗禦日寇及馬列思想的入侵，那就是民族主義的實踐。這些具體的力行，都是實現國父中山先生偉大的理想。

陳憨厚雖然不聰明，卻是實踐者。返回台中某家事學校後。為了宣揚反共復國的理念，結合志同道合的同事石順虎、周全等，鼓勵家事學校學生何文鸞等在家事學校大禮堂演出反共話劇〈大別山下〉，後來又跟市黨部合作演出〈耕者有其田〉。

陳憨厚在大夥慫恿下扮演男主角，還有記者評論男主角演出「獲得好評」。

（十）陳憨厚以國事為重對於成家沒有信心

陳憨厚在某家事學校，熱心推動反共抗俄工作，得黨部肯定，評定為優秀黨員，他更加為國奉獻，至於「成家」連想也沒想過。也因為容貌醜陋，體形瘦弱，而缺乏自信。

台中某家事學校主計主任蔣玉珍跟陳憨厚是對面鄰居。她長得蛋臉美，有個體貼的丈夫，服務於省級的機關。有個男孩叫小寶五、六歲大，活潑可愛，是陳憨厚課餘的玩伴。蔣玉珍態度大方與全校同事相處融洽。

「本校主計室助理賴秀美為人率直，心地善良，尤其擅長織毛衣。」蔣玉珍悄悄向陳憨厚建議，要陳憨厚購買毛線請賴秀美代織。

是入冬季節，陳憨厚直覺有必要添購冬衣，也就答應了。不出兩個月毛衣織完成，蔣玉珍代為送到。

「該當酬謝。」陳憨厚收到毛衣後講出。

「隨你的意思。」蔣玉珍隨口講出，試試陳憨厚的誠意。這卻為難了陳憨厚，因為陳憨厚老師祇知教學。對於人情世故一竅不通。何況贈送異性的禮物。致使陳憨厚呆若木雞，不知如何是好？

「就送愛……」蔣玉珍看出尷尬，也就半玩笑半認真地講出「愛」就吞回去。

「就送愛國獎券十張酬謝，好嗎？」陳憨厚有意模糊地附和著說。

「隨便，就是她沒有條件為你編織毛衣。就這樣吧！」玉珍似有不滿？但卻敷衍地講。

陳憨厚既說出就信守諾言。但卻沉思：蔣玉珍是否要扮演「月下老人」？但陳憨厚卻無「成家」的念頭，而且對於賴小姐毫無印象，祇因公而忘私。不久，蔣玉珍調職省府工作，此事就此結束。

（十一）一個偶然機會，萌生成家的念頭

陳憨厚雖然在家鄉打過籃球，而在台中某家事學校籃球場也獻過醜。但那是休閒活動的事，不當有這回事。沒想到家事學校的體育組長羅升堂，單看他笨手笨腳的接籃球，就知道他對球類是個門外漢，他的擅長祇是做早操。

為了應付台中市中學運動大會，竟然由訓導主任邱傳固指名要陳憨厚擔任台中某家事學校籃球教練。雖然陳老師明知不行，但是還要硬著頭皮去做。每天跟著十位女球員聚集在一起練球。練球要安排隊形、角色，也要跑圈投籃。好在這些球員都是陳老師教國文的學生，所以比較知道個性。

有一天下課餘，陳老師在跟幾位球員聊天。

「白月桂畢業後，打算為你老師煮飯！」不常言笑的莊淑勤這樣說。這引起了陳教練的注目。莊淑勤在姣好的臉上泛著紅。

「這是莊淑勤悶在心中的事情，跟我毫無牽連！」白月桂兩眼一瞪，明亮異常。頗有自尊心，推得乾乾淨淨。

陳教練雖非聰明人，但也體會其中的含意。因此引起了「成家」的信心。特別關注這兩位初三女生的學習生活及動向。這兩位學生莊淑勤較健美成熟；白月桂性情易衝動。

（十二）陳憨厚要成家就要接近水月台

陳憨厚老師一有空暇即找莊淑勤與白月桂閒聊。白月桂落落大方；莊淑勤言行保守。

陳憨厚閱報得知，中國地方自治專家李宗黃將開辦「中國地方自治函授學校」。為求上進，陳憨厚決心加入研讀。

每週都能收至該函授學校的講義：其中包括地方自治的歷史、地方教育、民政、財政等科目，由此認識了地方事務的繁雜。陳憨厚自忖：地方教育是基層教育應該重視。

文學家李辰冬教授也開辦「中國文藝函授學校」，陳憨厚亦加入當學生。

李辰冬校長為了文藝活動，特別到了台中某家事學校來。陳憨厚首次主持陌生人的集會，因此擺個長桌在進入禮堂大門口，算為簽到處，央託莊淑勤、白月桂等女生負責。

莊淑勤和白月桂笑嘻嘻好像很樂意，但卻不熟悉這種工作性質，頻頻請示陳憨厚老師。莊淑勤與白月桂特別活躍，跟陳憨厚拉近了距離。

大會出席人數只有二十多位，故改為座談會。

座談會是十月廿八日從上午十時半開始。先由李辰冬校長講話，內容是〈台灣文藝的前景〉。

函授學校的同學們大談台灣的文藝，至中午十二時多才散會。

陳憨厚自覺學經歷低下，所以特別函請國語大師齊鐵恨代選國語文書籍不斷認真研讀。且一方面閱讀國語文書報，以達至天施子道長的期望；一方面研究文藝函授學校的講義，並試著寫作投稿各報刊雜誌。其中較滿意的作品，有〈麟生〉、〈重開的花蕾〉…等。

嗣後在黃曦先生鼓勵之下，出版了一本不很成熟的短篇創作集。承蒙省教育廳簡主任秘書及國策顧問（中國地方自治函授學校校長）李宗黃的讚許；又得葉茂杞學長（同是中國地方自治函授學校的同學。）寄來明信片：述說台中師範何桑老師指導該校畢業生「關於體罰問題」的結論，以〈麟生〉這篇文章介紹給同學們閱讀：並評論這篇作品的成功之處，是感化了頑劣學生「麟生」。這也讓陳憨厚對於文藝更有興趣。

陳憨厚經常身穿半舊不新的藍色中山裝。為人憨直，臉上留些痘痕，斜頭近視，戴有眼鏡迫人。工作「祇問耕耘，不問收穫。」日常生活早睡早起「持之以恆」。至於其所擔任的兩班國文課，學生參加作文及演講比賽屢次獲得優勝獎狀，可見師生努力的成果。

民國四十年政府推行地方自治後，台中市第一屆民選市長楊基先是無派系無黨籍的自由人士當選。

民國四十一年暑期過後，台中某家事學校校長朱日貴病逝。換來的新校長林演河也是自由派的人士。

教務主任仍然是姜秋華，祇是老些，更加沉默，嘴唇好像打唿哨一般，有事才指導教師去完成，完全不談私事；但卻交代全校師生們要經常前往故校長朱日貴的墓園致哀。

訓導主任丘傳固也獲得續任，雖然近六十來歲了，仍然壯健如牛般，作風獨斷獨行。也不知何時？陳憨厚竟是訓育組長，又是四二制的實驗導師。祇要丘主任一開口，就是命令，要陳憨厚帶某幾位女生去參加某電台廣播或各種青年活動，並且警告陳憨厚要跟女生保持距離。

民國四十三年，陳憨厚又參加台灣省教育廳舉辦的高初中教師檢定考試，慶幸合格為高中歷史教師。（因為那時台中圖書館中外歷史書籍較豐富，所以陳憨厚仍然應試高中歷史教師。）

當年台中市市長楊基先任期已滿，沒有輝煌政績。再行改選，第二任市長林金標，卻是某黨籍的台中市主委，因此對台中市地方人士莫大的鼓舞，使很多人參與政治活動。

台中市某黨的基層區黨部常委，亦進行由黨員直接投票選舉，而進行首次改選。陳憨厚心中抱定祇知為黨奉獻，不在乎職位。

台中市直屬某區分部常委在該校教員辦公室舉行改選。開票結果：陳憨厚十票、姜秋華九票。

票剛開完，黨員張易列匆匆趕到。

上級指導陳文章即行徵詢主席陳憨厚的意見。陳憨厚覺得同志熱情趕來，不給投票，總是遺憾，因此立即決定給予投票。張易列這一票，卻投給姜秋華；因此，上級指導員祇得讓陳憨厚跟姜秋華抽籤。

結果姜秋華當選為台中市某黨部直屬第某區分部常務委員。

陳憨厚卸下黨務重擔，應該感謝該黨部全體同志的合作與努力；同時也衷心欽佩石順虎老師默默奉獻負責該黨部義務幹事，並盡力為該黨部辦理移交事務。

陳憨厚在該校雖然擔任初三兩班國文課，兼任訓育組長。因係單身漢，居住單身宿舍；沒有家庭雜事，倒自由自在。學校如有事情，即由教務或訓導主任與校長商洽，從未開過校務會議。

陳憨厚默默觀察，細細評估。

台中某家事學校，全部是女生，雖然自民國四十一學年開始招考高一新生。但看教師陣容，師資缺乏，濫竽充數有之；女教師多於男教師，她們多數是家事教師；教些烹飪、編織、刺繡等科目，都是手工藝。一年級的學生，第一學期祇會燒飯與做三項家常菜。都是家庭常識，毫無特色。

到了第二學年，才多了珠算、簿記等科目，但內容空洞，將為時代淘汰。

陳憨厚當時衡量自已的學、經歷跟學識能力，祇適合做教員，推行國語文工作，不敢逾越。也合乎天施子老道長的做人原則：「捨已從人」。眼前只有向文史哲學方面努力。

台中市一天比一天繁榮進步。

陳憨厚也跟著時代的腳步，樂觀積極進取。

對著五光十色的大百貨公司，也沒有萌動進出的幻想，更沒有購物的慾望，祇有心念一絲絲昔日的鄉村清靜。偶爾也浮現天施子的身影；體會天施子書中的金玉良言：「建立『民主家庭』是民主深化的基礎」。

因此深思莊淑勤和白月桂已經從台中某家事學校畢業了，雖年齡稍有差距，但自由戀愛，卻是一般青年所渴望祈求的良緣方式。

莊淑勤家住何處？白月桂家就在台中市建國市場附近。父親開個雜貨鋪子。她是幫忙父親管理雜貨店。

陳憨厚雖然常常去看她，也碰見過她的父母。且愈看愈順眼，因為白月桂年輕，具有一股青春的氣息，使她產生了若有若無的情愫。

陳憨厚幾經深思，大膽地試探，約她到台中公園玩。她委婉地說：「白天較忙。明晚關店（打烊）後，吃了晚餐後，才有閒的時間，要玩這一時候最適合」。

陳憨厚沒有料到這樣合適的時間。

「好！好！」當她父親不在時，悄悄地對她說。

（十三）新鮮有趣的初戀

台中公園中間有一水塘，水上有涼亭一座。水塘可以划船、坐遊艇。周圍樹木扶疏，後有假山；巧妙似丘陵地，比較隱蔽，可以捉迷藏。

陳憨厚跟白月桂，選擇這一地點閒聊、遊憩、談心。幾次後，倆人坦白地說出心中的話。

「我倆是『成家』的年齡了？」陳憨厚開門見山地直言。

「是嗎？」白月桂不肯定地回答？因為她比較年經。

「我在準備『成家』的事宜。」陳憨厚有備而來。

「這樣婚姻大事，應該告知父母。」這是白月桂的答覆。

兩人並非一拍即合，而是幾經交往，不斷商量的結果。

有一天，白月桂偎倚在陳憨厚身邊，甜甜蜜蜜地告訴陳憨厚說：「我的父母還有些誤會，我應該不斷解釋。」

「這是應該的，但要有耐性。」陳憨厚對著她含情脈脈的眼睛，無比眷戀。並輕輕在烏金的頭髮上吻著。靜靜地默默地相偎相倚，臨別約定明晚仍在這裏見面。

第二天傍晚，陳憨厚在這凸凹處來回徜徉，是等候伊人。

約定時間已過半小時。驚見伊人出現。陳憨厚心知不祥？也即上前拉著白月桂的手，牽著她選擇較平的草地坐下，然後講：「妳是我的白雪公主，我是窮教員。我來說白雪公主的故事吧！」

「我不聽什麼故事？我祇知道『西遊記』，孫悟空太任性，被壓在五指山下，等待唐僧從這裡經過？孫悟空確實有耐性。現在你追我，是否有這耐性？」

「有…有…」陳憨厚直叫講。

「哪你追我啊！」白月桂站立起來，往樹木附近跑。陳憨厚不得不跑。白月桂躲在樹後，倆人在捉迷藏。

繞了幾匝，終於捉到了。陳憨厚一手拉她手臂，一手攬她的腰肢。倆人喘氣停在樹後。「我母親這樣說：『好花要選好盆栽』。認為我的年齡尚輕，不急於出嫁。」白月桂掙脫陳憨厚的手，緩緩地說。

陳憨厚早就料到這一挫折，但不灰心；繼續跟白月桂散步、交往、約會在台中公園。

時光易逝，陳憨厚一幌在台中市已經五年了。

對於國語文教學，總是竭盡所能去做；祇因教育是良心工作。尤其是學生的演講、作文比賽，無不盡心盡力地去奉獻。

沒想到在校園內，碰到教務主任姜秋華跟訓導主任丘傳固好像是在磋商事情。陳憨厚仍如往日上前打招呼。

二位主任卻愛理不理的詭譎一笑，陳憨厚的心寒了半截。

「貓兒好腥。」丘傳固突然冒出這句閩南俗諺，雖然是對姜秋華講的，聽在陳憨厚耳朵中，卻是諷刺陳憨厚出天花一定是好色鬼。如此的重話，陳憨厚如何不深自反省呢？

那時某家事學校確實有女生出入男教員宿舍，不免蜚長流短，風言風語。訓導主任丘傳固，竟然當著陳憨厚講出這樣不留情面的話，讓陳憨厚不得不嚴肅以對——想著退路。

剛好朋友魯至仁有同鄉在雲林縣立北港某農校任教，來函說明該校缺了數位文史教員。也就這樣介紹了陳憨厚上了北港某農校。

陳憨厚自忖：這樣可以脫離「師生戀」的桎梏了罷。

（十四）某農校校長辦學猶如篤農家

北港某農校在北港西郊，距離市區約有一公里多的路程。因為頻臨海邊，風沙飛揚，人煙稀少，沿途樹木疏落。

校長蔡仲駿，服裝樸素，好像祇有一套西服。面大四方，身材矮壯，行動快捷飄忽；有著篤農家的忠厚誠實、沉默寡言，傳說是北港的望族。

開學在即，才派定教務主任呂鈞輝，註冊組長陳憨厚。至於訓導主任？教學組長？訓育組長？卻不知是誰？也沒有開學典禮、升降旗…等等，也不必辦理移交。

每天上課前，蔡校長親自在黑板上寫，教師們按照指定的課程進行教學，都是臨時編排的，課本亦是臨時給用，用完交還。不需準備教學、甚麼教案都免了……。

陳憨厚第一節是初三國文課，第二節卻是初一公民課，第三節課是初二歷史課。反正校長有權支配教師，教師不得有異議。

下午全校教師休息，所有的學生由蔡校長帶領到農場實習。

「該做什麼事務？」陳憨厚當了註冊組長，就在教務處請示教務主任呂鈞輝。

支支吾吾的……，呂主任也是新手上任講不出該做何事？．．

「已經叫初三學生抄寫學籍卡了。」第二天上午陳組長到了教務處。呂主任馬上對陳組長講。陳憨厚覺得很無奈。

「蔡校長對於教務處安排學生抄寫學籍卡，表示不滿。又令另一批學生重新抄寫學籍卡。」過了幾星期呂主任又對陳組長這樣講。

陳憨厚面對這樣的校長與主任，也覺得無趣與無奈！

他祇有認真上課。該校又無圖書館，祇有到北港鎮時，順便上媽祖廟逛逛。祈求媽祖賜福天下眾生，還抽了一支保佑白月桂平安的竹籤。

在這短短的一學期中，陳憨厚最大安慰，就是接到白月桂的情書。內容訴說離情別意；但擔心的是那位乾媽有個兒子，多了白月桂幾歲。

歲月易逝，又是新年。

陳憨厚在北港某農校。雖然安閒，但環境並不理想。經央三託四，才接了彰化縣立某中學的聘書。

（十五）建立家庭及事業根基

彰化縣某中學校長余大鴻常穿整齊合身的西裝並結紫色領帶，頗為健康。傳說他「是清朝某大臣的後裔」，又一傳說：「余大鴻在大陸上海期間，是辦黨務的能手。」到了台灣後，不得已當了中學校長。但他想辦個聞名全台灣的中學。

陳憨厚初到鹿港鎮，學校提供的是日據時代的日本小學倉庫改成的男教員的宿舍。宿舍分成前後兩房間，前一間已住一位胖胖的歷史老師孫忠武，陳憨厚住在近水塘的那一間。房間平時走路就吱吱喳喳的響聲，應該要修？但陳憨厚不以為意。

彰化縣近鄰台中市，陳憨厚因此常到台中市建國市場找白月桂。可是始終未見到白月桂。

有幾次，看到白月桂的母親，冷淡如陌生人，還以惡言相向。後來得到白月桂來信，大意是：應該分手，不再往來了。理由是父親講教員貧窮無前途……又因年齡差距頗大。……」

雖然陳憨厚一再去信，仍然好像石沉大海。……

從此陳憨厚為伊人消瘦，食不知味、寢不安眠。甚至想到故鄉——閩南的流行歌：「唐山過台灣，心肝頭了結一丸……十二歲賣雜貨；雜貨鈴啷鼓，噭到三十外（三十多歲）。邀無某（即還沒妻室）。」不覺泫然淚下，悲從中來。……自憐身世。……他本是樂觀、積極的人，竟然無法自制，讓它發洩吧！整夜悲泣，迨至天亮。

翌晨，翻閱天施子贈書。中有「捨已從人」一語，還附註：捨已：無私。從人：順從人類最先進文明的核心價值即世界潮流。世界潮流不是自由、民主與人民福祉嗎？「自由戀愛」是否屬於自由範圍內？為什麼有些學校地方列為禁忌，尤其是「師生戀愛」；就是畢業了，還是犯忌諱之意。這是民間的風俗習慣？陳憨厚竟然無力抗拒這禁忌。陳憨厚想了再想，不得其解？祇是「從人」是從了社會的風俗習慣嗎？

陳憨厚沉思默想，終於豁然開通，但須有毅力與勇氣「慧劍斬斷情絲」，何況白月桂含蓄的說：「好花要選好盆栽」，而不講本土俗諺：「好好的花插在牛屎上，多可惜啊！」

白月桂是知道輕重、有分寸的聰明女孩；不把陳憨厚當做「牛屎」。「我應該知所感激。還有什麼可怨恨呢？這是讓我謙卑的最好禮物。」他想。

雖然白月桂在閒聊時，也會踩到陳憨厚的痛腳。有一次白月桂開玩笑地指著陳憨厚的臉上講：「要是沒有這些斑點就好了」，陳憨厚卻欣賞白月桂笑時好像春天的陽光，好溫暖，好開心啊！如今也沒有餘痛了。

海嘯下沉一片綠

（十六）鹿港古鎮中華文化根基深厚

鹿港某中學九月一日上午，在大禮堂，舉行開學典禮。

校長余大鴻就位後，樂隊演奏國歌，全體師生上千人鴉雀無聲，陳憨厚雖然到台灣經歷四所學校，祇有這個學校有樂隊與開學典禮在大禮堂舉行，行禮如儀。

主席致詞：「各位主任、各位教職員、各位同學們！今天是開學了，我們應該更加奮發向上。……」

散會後，陳憨厚是初三仁班的導師，先到班上編排學生座位，並介紹自已的教學原則。至於認識班上學生個性，那不是一時就能辨完的。

第二日上午，訓導主任張自民還親自到課室門口，特別悄悄叮嚀導師說：「這一班祇要看緊搗蛋的學生陳滿器，就沒問題了。」

「『陳滿器』是何許人物？有什麼能耐？」陳憨厚心中自忖。

陳憨厚詳詳細細查閱學生點名簿，找到最後一排角落內的陳滿器。他與同學們並非不同，祇是體形粗大些，臉貌兇惡些，陳憨厚偷偷描上一眼。既然是主任的交代，他也就加倍注意。

下午是全校勞動服務，學校規定；種樹在大操場周圍牆下的空地上。據說：「鹿港風，強勁的力道，使鹿港某中學的操場很少生長樹木。而這次種樹的決心說是要「人定勝天」。

陳憨厚與全校師生協力種樹，不怕風吹日曬完成了二、三小時的勞動服務。

鹿中編班以忠、孝、仁、愛為識別。陳憨厚擔任兩班初三國文課，兼任初三仁班的導師。開學時，當然與該班同學有約：就是守法（包括遵守校規）、守信、守時。

上課了幾日後才知道初三男生分為忠孝仁三班，係依成績優劣而分班的；愛班是初三全部女生。不過學生程度超過台中某家事學校與北港某農校，尤其是國文課，寫字出色的特別多。

國文課後，課表上還有二節相連的作文時間。學校還規定；每兩週需要學生作文一篇。教務處還調閱登記呢！聽說校長以此為據，評定教員勤惰的考績。該校長握有教員聘任大權，令教員們為飯碗不得不服從。所以開校務會議時，祇有校長、主任的報告，而教員靜聽少有意見，如寒蟬一般的效應。

陳憨厚暗忖：應該是尋覓到棲身之所了罷！也就勤奮地研究國語文教學，並且投稿各報刊。盡量安排準備高普考事宜，偶爾也懷念白月桂。……有時還借鏡自憐。

每日早晨七點是全校各班自習時間。陳憨厚決心「以身作則」，帶著書本到初三仁班教室。一方面閱讀書本，一方面監督自習。初三仁班學生看到導師如此認真讀書，當然教室裡鴉雀無聲。偶爾有來遲的同學出聲，陳導師必然抬頭注視，等到沒有雜音，才繼續默讀書本。如此有恆堅持到了學期結束。

校長余大鴻除巡視自習外，也巡視上課情況。陳憨厚繼續獲得聘書，但也有教員因故不能續聘，其打包之淒苦，令人同情。

第二學期，陳憨厚為求瞭解宗教基層的實況，他到了鹿港天主教教堂和神父交談，得到不少基本宗教知識。

陳憨厚利用周日，到了鹿港基督教堂。他們的聚會就是做禮拜，講解聖經的道理，陳憨厚也聽得很入神。

後來他參加了他們的合唱團，他們為了考驗陳憨厚的唱歌能力，竟然相約至中途，全團團員停聲吟誦。當然陳憨厚也停止吟詩。好尷尬的場面呀！陳憨厚自覺無趣，再也不來聖詩班吟聖詩了。但照常每星期日，參加禮拜。直到接到友人來信：「說明白月桂已經結婚了。」

陳憨厚細細規劃成家立業的大事。立業，有了老道長天施子的指示，先推行國語文；成家，必需有對象。因此找對象，是目前最急迫的課題。

陳憨厚熟悉的人群——學校的師生，搞不好會無地可容？市區的人們，打入需要手腕。陳憨厚自忖：笨腳笨手，手腕更不靈活。

現在祇有留一空間，就是鹿港基督教堂。陳憨厚好不容易才打聽到一位國小教師，姓名是施美專。住在鹿港鎮埔頭街。論學經歷、年齡等，都門當戶對。

如何接觸，頗費時間？陳憨厚還是很傳統：寫信表明心意。

不出幾日，如石沉大海；但卻傳聞至全鹿港的教職員的耳中，傳說：「陳老師急於找覓對象。亂寫信，卻不知情況。」

週日陳憨厚到了鹿港基督教會，教友眼光異乎常日，還是牧師溫柔郎告訴陳憨厚：「您所追求的人兒，已經有了男朋友；上帝是有愛心的，將會賜給您幸福。」

牧師的態度是誠懇的，陳憨厚雖然很感激，但也不好意思再到鹿港基督教會去了。

又是一個週日上午，同事洪大哲悄悄到了陳憨厚宿舍，小聲告訴陳憨厚：「本校人事室主任蔣家柱有個表妹，想將出嫁，您可以和她『相親』？」

陳憨厚雖然懂得「相親」的意思，但他卻是第一次碰到，猶疑的講：「如何相法？」

「本校人事主任蔣家柱祇有小學畢業。光復後，參加國家考試，普考人事員及格。現在做到本校人事主任。看上你教員高、初中合格。一樣苦學出身，才把表妹選配給你。你是否願意，他正在等待消息。應該是好消息！」洪大哲說明因由。

陳憨厚心情忐忐忑忑。自忖「自由戀愛」較進步；但對象風險大、變化多；尤其有缺點的人，無法享受這一幸運。「相親」雖然是舊習俗，但卻是「明媒正娶」，不會被曲解、不會因此被解聘教員的職位吧！陳憨厚左思右想沉默了片刻。

「好，『相親』就『相親』。」陳憨厚爽朗地答應了。

「您答應了。『言而有信』。我去跟人事主任蔣家柱商量『相親』的地點。」洪大哲講了就告辭而去。

「明天上午九點，你一個人到後車巷X號客廳會面。要記住穿新衣、擦亮皮鞋。未成功時，最好保守秘密。」傍晚時分，洪大哲仍然到了陳憨厚宿舍傳達這一信息。

星期天（就是明日）。

陳憨厚起床早，吃完了早餐。回到宿舍內。躺在床上反覆思考：「『捨已從人』的意義，『從人』是否包括民俗習慣？」反覆思索，卻無答案。

將近上午九時，匆促赴約。特別穿上新西裝，擦亮皮鞋。找到車後巷X號，推開圍牆門，一進客廳。

「是妳？」陳憨厚一眼認出是莊淑勤，頗為驚訝！有點不好意思，倆人久別重逢。內心欣喜，尚有疑問？

「莊淑勤，妳怎樣在這裡？」陳憨厚萬分歡樂地問。

「這是我二姊的家。這位是我的二姊。」莊淑勤作為介紹人。

「二姊，您好！」陳憨厚點頭為禮。也不知從何講起？

「淑勤講：『陳老師相貌並非一流，卻心地善良，最重要。』有人『面惡心善』，我們就是選擇心地善良的陳老師；陳老師如何決定呢？」二姊反問陳老師。

「這是天意。我祇有接受。『天公作美事』。讓我跟淑勤是『天作之合』吧」！陳憨厚內心充滿感激、興奮、歡樂這一安排「親事」。

「那就這樣決定吧！擇日結婚就是了。」二姊乾脆地說。

陳憨厚跟莊淑勤聊些別後的往事，也就告別回宿舍。

（十七）八卦山之戀

當日（週日）下午一時許，陳憨厚午睡醒了，好像門外有人，也就開了門閂。赫然是莊淑勤，也就讓淑勤進門。

倆人排坐在床沿。

「白月桂已和他的乾哥結婚。近日已由日本度蜜月回台。」

「我們下星期日到彰化八卦山玩，妳有空嗎？」陳憨厚有意不談白月桂。

「好！我下禮拜日上午九時到彰化八卦山。」莊淑勤好乾脆地講。

「準時守信。我在八卦山進口石階上等妳大駕光臨！」陳憨厚順口講出「大駕光臨」，本想表現幽默些，卻有點沉重。

「好了，輕鬆些，準時就是。」淑勤聽到「大駕光臨」反而不自然。

「我們還有些婚事要商量。」陳憨厚悄悄地講，也就跟莊淑勤細聲地討論婚事家庭的一切事宜。

週日，陳憨厚心情舒暢快樂，所以特別起得早，準備些糖果、麵包…之類的午餐食物放在背包中，也就搭糖廠的五分火車到彰化市，再行至八卦山入口，在石階上發現莊淑勤已在那裡等候。他趕快上前拉著她的手，她不似白月桂縮回去，而且牽手走在石階上。一起欣賞陽光曬青翠的樹木，百年老樹展現出矯健的身軀，蝴蝶陪伴它狂飛，真是美麗的情境。

陳憨厚牽著莊淑勤的手，搖擺不停，感覺有些粗糙。也就拉高一瞧，真的手掌生了繭子。

「為何結有厚皮？」陳憨厚想明白原因。

「先父本是日據時代的塾師。光復後，國小教育發達，私塾反而不行了。一年多前，先父病故。為了生活，我什麼工作都做，所以手臂特別粗壯。現家中祇有年老的母親。大姊、二姊已經出嫁，我又不能不嫁？將來母親……」淑勤坦白地陳述。看看陳憨厚是不是富有同情心。

「那就讓她跟我們生活在一起。有個照顧。」陳憨厚誠懇地邀請老丈母啊！。

「這是你講的。」莊淑勤歡喜的跳起來。她早就料到沒有看錯陳老師有個善良的好心，如今證明看透了他的心。

「大丈夫一言既出駟馬難追。」陳憨厚發現「大丈夫」用在對女性這樣講話不妥？

難道女性就不要「守信」？立即改口講：「駟不及舌」，這句話比較妥帖。為什麼《古代》變成男性用語？「在我的家鄉閩南，華僑到東南亞打天下。最寶貴的人格，原來就是『守信用』」。陳憨厚的祖父就是華僑，所以用華僑做招牌。

陳憨厚和莊淑勤一層一層（「階」，閩南語叫「層」。）地往上爬，到了大佛景點。大佛有三、四丈高，底部是空的，遊山的人們，穿梭其間，可見其佛肚的寬宏大量。

陳憨厚跟莊淑勤牽手進出，又往前行，到了另一景點——古砲陳列處，這是台灣義軍防守八卦山的武器，以對抗日人侵台。

陳憨厚深知莊淑勤對這段歷史不夠熟悉。

「六、七十年前台灣義軍守防八卦山就是用這種大砲。」陳憨厚開始略述：「日軍那時近衛師團長能久親王及山根少將就是為這種武器所傷亡。當時的義軍有三千多人，由吳湯興及徐驤率領；吳彭年也率領義軍增援。」

他們一方面觀看，一方面提問互答……。

陳憨厚建議往人少處步行。

到了幽靜處所，週遭草木蔓生，遊人稀疏。

陳憨厚先坐在草地上，然後拉著淑勤也坐在草地上。

「風聲雨聲讀書聲，家事國事天下事。」陳憨厚講這是何人的對子，並不重要，卻問淑勤：「要選擇作何事？」

「最好攏總做。」淑勤爽快地講。

「這樣不好！事業有專精。」陳憨厚考慮後，認為還是選擇好。

「什麼攏總做，這樣不是分工，現在行事應該著重分工。在我看來，妳的專長是家事。妳就管家事吧！國事天下事，由我多著力。還有讀書是我的本行，也由我多閱讀。風聲雨聲讓給你較為公平。」陳憨厚分工以公平為原則。

「風聲？雨聲？是刮風落雨嗎？為何還要我管？」淑勤不了解提出質疑？

「『風聲』」就是消息，妳是台灣人，消息比較靈通，又常走市場，所以由妳管『風聲』；至於『雨聲』嗎？較『風聲』嚴重多了。如黑暗或動亂後，可以說是『雨過天青』。妳可以一起警告我，使我知所警惕；做我的警鐘，使我有所警悟。」陳憨厚誠懇的態度說服了莊淑勤。

「還有咱們為了民主的深化，該建立『民主家庭』作基石，社會有了『民主家庭』，才有民主的社會。」陳憨厚滔滔不絕的敘述。

「但『民主』的意義，我還不是很瞭解？加上『家庭』，我還是第一次聽到，老師您可否講給學生聽嗎？」莊淑勤撒嬌地講。

「『民主』就是公民作主。如果是『民主家庭』，依兩性平等說：「『理由』才是主人。如果有事？公講公的『理由』；婆講婆的『理由』，大家理性的協商，然後相信『真理』。讓『有理走遍天下』，讓『歪理』不再硬拗。互相尊重，互相容忍，這就是『家庭民主』。我們要建立的就是這種家庭。淑勤！妳是否同意？」陳憨厚再徵求莊淑勤的意見。

「你真的這樣說『理』，互相尊重包涵。我求之不得。現在的男人是一家之主。你的意見很好！你要記牢。不要空講給我聽。」莊淑勤這時才確定陳憨厚是有理念和人格的人，也確定自已的眼光和信心。

「我『成家』後，還要『立業』。」陳憨厚有個理想：就是終身從事教育事業。

「你是個教員？還要立什麼業？」淑勤不解地問。

「妳是看輕教員？」陳憨厚知道莊淑勤不會蔑視教員，故意問她。

「我尊敬教師，所以選擇你這個教師。」淑勤快速喊出。

「那很好！我的學歷、經歷不夠，所以請妳多管家事，讓我專心專力拼事業——從事教育，——如何為青年建立『服務付出的人生觀』。」

倆人有了默契共同走上這一途徑——教育。至於另一項建設重要的經濟，並非陳憨厚的專長，也就不提了。

陳憨厚為感激莊淑勤的語言溝通成功。所以站起來握著莊淑勤的雙手，說了聲「謝謝」！兩眼直望著莊淑勤，漲紅著臉貼近莊淑勤的臉親一親，莊淑勤大方不畏縮。陳憨厚進一步將嘴唇吻向莊淑勤的嘴唇。倆人熱情互吻，擁抱在一起，親密情形產生真愛。過了數十分鐘，陳憨厚想起帶來食物，也就放下捧著莊淑勤的頭臉手，並且向莊淑勤說：「該是吃午餐的時候了。」也就解下背包，先拿一塊麵包，遞給莊淑勤的手掌中，然後掏出一塊四方的藍布，就地舖平。他拉著莊淑勤坐下，倆人相愛的情緒未平伏，相依相靠地倚著，享受了午餐。

就這樣八卦山走遍遍，不祇一次的，逢週日都遊彰化八卦山。

「下星期日，家母說是良辰吉日，你有準備嗎？」到了三月初九，週日，莊淑勤提出結婚日期，問陳憨厚準備的情形。

「一概簡單隆重。結婚證書已經填好了。宿舍打掃乾淨些，出外人不計較這些小事，而影響終身的大喜事。將來相親相愛較重要。」陳憨厚較重未來，不計形式表露無遺。

莊淑勤要告別了，而陳憨厚講：「再前走、再看看古蹟。」他因為莊淑勤不夠瞭解台灣歷史，所以勸告莊淑勤，因此兩人牽手向前行去。

倆停留在數根古砲之前，陳憨厚重覆講解這些古物：

「看它無座的古砲，卻殺傷日軍近衛師團長能久親王及混成二旅山根少將，這是日軍侵台亡故較高級的將領。我台灣義軍較重要防守八卦山的領袖人物有吳彭年（浙江人）吳湯興和徐驤等…，英勇善戰，卻遇到裝備較精良的日軍，也祇能犧牲殉國。」

陳憨厚面對莊淑勤詳細解釋，但目睹莊淑勤內心似有事情，也就陪她下山到彰化火車站。目送莊淑勤火車離站，他才回鹿港某中學宿舍內，其心情一直到下週，仍然戀戀不捨。

（十八）新婚圓房之夜

日期是三月十六日，由校長余大鴻證婚。男方主婚人是佟教務主任，女方主婚人是蔣人事主任。

儀式嚴肅隆重。

婚禮舉行後，陳憨厚牽著莊淑勤的手回到宿舍裡，倆人對談親密愉快。

時光易逝，就要入夜。新婚之夜，就是古時的圓房。新郎脫衣卸褲，新娘已先上床。新郎翻開棉被，一看潤玉般的人體。光溜溜、赤裸裸，呈現在燈光下。白皙清晰，新郎亢奮的性能，急不及待，一撲而上。倆體合一，精神倍增。同時互動，產生節奏，達到數十分鐘之久。倆體臀腿開合更加起勁，更覺全身舒暢快樂，倆方嘴中不知不覺哼出咻…嘿…的怪音。

迨至倆體漉濕出汗，高潮已過。丈夫翻身側臥，妻子即時遞上事先準備的衛生紙使用，倆人即同枕以眠，鶼鰈情深。

深夜寂寂靜靜黑烏沉沉。

丈夫獨自沉思：今夜纏綿的情景。輕鬆放懷，不覺入夢：有一條瘦瘦的鰻魚。被丟棄在草地上。經由天公作美，細雨霏霏，草木潤澤。鰻魚幾經掙扎翻騰，最後哄咚一聲，掉落池塘中。鰻魚先浮游水上。然後水潤天高，舒暢身心，暢快遊樂，是魚得水，是水得魚。滿足舒暢。

憨厚夢醒，悄悄觸摸愛侶的肉體，體會性福的愉悅快感，繼續閉眼入眠。

過了片刻，天慢慢地放亮。

丈夫先醒，搖動愛侶，促醒枕邊人。

「淑勤！淑勤！」憨厚體貼叫喚。

「呃！」淑勤懶洋洋地回應。

「妳準備好嗎？做母親了。」憨厚提出問題。

「怎樣準備？」妻子感覺得新鮮？翻轉身面對，反問講。

「這是性教育。因為精蟲跟卵子碰在一起，結合起來，母體就懷孕。」丈夫興趣勃勃地講。

「你說，怎樣準備？」妻子穩健的性格，表現無遺。

「好！我就從頭說起：雙方認識、來往、溝通、親密、有了真實的感情可以合法的結婚、懷孕。雙方心理準備，要當爸爸媽媽，要愛自已的身體，對於自已身體變化要瞭解，要注意。這就是準備。」丈夫滔滔不絕地講。

「這些我準備了，希望早日當母親。」妻子很肯定地講。

「當了父母，除了養育之外，還要教育。教育是學校負責大部分；家庭教育不能忽視；尤其我國不重視性教育。一失戀就將對方視為仇敵或不能適應自殺，不知尊重生命。西方雖然較開放，但也不安全，如「一夜情」、「濫交」、「墮胎」，毛病也不少。過與不及，都是應該檢討的。」丈夫在愛妻之前說教，好像在教室上課一般。

「還有一項男人吸菸，尼古丁會致陽萎，妻子要當『忠實的反對黨』，因為一個健全家庭除了守法之外，還要誠實。」

「什麼是『忠實的反對黨』？」妻子又有疑問。

「對的，我在屏東時，無意中遇到一位仙風道骨的高人。他贈我一本小冊子。妳可以讀熟他的『民主家庭』，咱們就試行『民主家庭』罷！還有『忠實的反對黨』。」丈夫徵求妻子意見。妻子尚未表達意見。

「不早了，我還要上課呢？」丈夫翻身坐起，穿衣盥洗，一如平常生活。

（十九）以教育為重，公而忘私

翌日清晨，七點之前，導師陳憨厚已坐在講台的椅子上，聚精會神的閱讀所愛好的文集，「以身作則」做為初三仁班的示範。

自修後，由訓導處集合全體師生在操場升旗、訓話、早操。然後進教室上課。教室前掛著課程表，井然有序。

偶爾陳憨厚級任導師也到其班上與學生聊聊天，當天記憶較深刻為學生敘述日據時代刑事警察的無理：

（一）三位學生中的許武龍說：「他的父親為了爬在樹上，刑事卻認為是小偷，關了幾天。」

（二）另一學生陳鐵青也講了一個故事，他認為的英雄事跡：「廖添丁是義賊，他常出入鹿港顯達豪宅之家，劫富濟貧。」

以上是初中學生的民族意識，由於導師陳憨厚常常批評抗日期間倭寇的橫暴，引起的民族情感。

但陳憨厚老師特別說明：「偷竊不是光明正大的行為，也以民國二十九年第三十三集團總司令張自忠將軍壯烈成仁，才是抗日英雄。台灣霧社事件，原住民莫魯道，才是抗日英雄；羅福星是客家人，卻是台灣的民族英雄。」

陳憨厚有了家庭，又沒後顧之憂，妻子莊淑勤負起家事責任。因此全付精力，都放在教學及進修上。

（二十）實驗社會中心教育

匆匆又是一學期。鹿中爭取到實驗社會中心學校。

學校聘陳憨厚為教學組長，暑假還參加美國安全分署為中心的講習。

在台北市師範大學的僑教館，以美國卡麗薇教授為中心。每日上午四小時，下午二小時，都是實驗社會中心學校的行政人員為學員。除了台北市某中學是實驗生活教育，其他學員都是實驗社會中心教育。

卡麗薇教授以英語講述，翻譯有楊、郭二位。學員多數不會講英語，也就只由卡麗薇教授演講，其內容是社會中心教育，學員英語不流暢，討論無法進行，匆匆結束一週的講習。

陳憨厚老師的心得，是問了台北市某中學的老師：「台北市某中學的生活教育是比升學教育優異，為何不能在全台灣實施？」

「因為學生家長和學生比較的是升學率？」該校老師坦白地答覆。

陳憨厚返校後。向校長余大鴻報告講習情形。

「實驗什麼？學校重要的為了爭取經費。」校長余大鴻堅定地講。陳憨厚默默地告退，心想：人格教育最重要。

民國四十五年九月一日開學後，開始推行社會中心教育。該校教務處最繁忙，教務主任佟東齊是一位當過縣級主管的老經驗者，可惜沒有當過教員。胖胖笑臉迎人，加上握手親暱，被尊稱「佟老」，其交際應酬，手腕靈活。

這一學期是籌備實驗社會中心教育觀摩教學，十月一日各科推出一位示範教學教師。

高一忠班歷史科由陳憨厚老師負責，事先編輯「鹿港鄉土歷史」，先講「鹿港的由來」，其次是「鹿港的開拓」、「明鄭時代的鹿港」，與「滿清時代的鹿港」、「光復後的鹿港」，最後是「日本佔領鹿港的抗日運動」。

當日到了不少實驗社會中心教育的教師、校長及上級指導員，熱熱鬧鬧過了一天。以後也就不了了之。

陳憨厚身為教學組長，當然勤快負責。但該校上有校長負責校務。教務主任負責教務。校長有關教務之事，與主任協商後決定。主任下轄教學、註冊、設備三組長，在主任領導下工作，主任若無指示，就改學生的作文或生活週記。

佟老得為主任，一方面年紀最大，算得是年高望重的人；另一方面是有他的權謀經驗。但他的生活，每日午睡最少二小時以上，然後意興闌珊地來遲。

陳憨厚年輕勤快，一經指示，迅即辦妥；但佟主任年老慎重，左思右想。陳組長難於配合。

（二十一）堅決辭去教學組長

一年後的暑期，陳憨厚組長認真地檢討工作：雖然教學組長位高職重，但事務繁雜，不若導師與學生接觸頻仍。他回想及天施子道長留言——統一國語文是當急之務。因此堅決辭掉教學組長，仍任導師。

佟老經常放話：「教員資歷是檢定考試歷史科合格，如未教學該科目十年。則行廢除該檢定考試的資格？」

陳憨厚聽到後，想及天施子道長的話：「十多年後，師資充足；尤其是大學中文系畢業生，多數為教員，國語文教師即不再缺乏了。」反觀鹿港某中學即無合格的三民主義教師，因此他專心潛研三民主義。等到台灣省教育廳舉辦「中等學校教員檢定考試」，陳憨厚一舉考上三民主義教員。

陳憨厚不祇喜歡三民主義，而是決心弘道。因此專心研究這一學問，而且把國父遺教研究會的專刊《革命思想》一篇篇地精讀。

由於他勤於自學，並用在學生作文及生活週記的批改潤飾上，花了不少時光、心力。這樣無止地工作，身體日漸孱弱。

是來鹿中第七個春節，正是快樂迎接本國舊曆新年。家中來了莊淑勤的表兄弟，為了報答莊淑勤治家的勤勞，使他無後顧之憂，他特地購買當時風行的葡萄美酒兩瓶，在春宴時頻頻催促飲酒用菜。這場應酬，賓主盡歡。

翌晨，陳憨厚肚子疼痛。上廁所，拉出黑色的糞便。

陳憨厚自覺得病了，立刻告知愛妻。送至彰化醫院，經醫師診斷是十二指腸潰瘍出血，住了醫院。

陳憨厚住院期間，除了同事、朋友不斷慰問之外，牽手莊淑勤最為關懷。兒女尚幼無知，一家的命運俱繫於陳憨厚的「健康」。陳憨厚躺在醫院病床上，獨自沉思：回想幼年失怙，先父雖然有心培養進入好學校，但卻為病魔吞沒，而家庭又遭抗日破產。陳憨厚反覆深思。能不自省？自強嗎？先父雖然聘請國術名師指導稚子，由於時間短促，稚子無成。但是「承志」也是孝行。陳憨厚決心學習國術以承先父之志。

陰曆元月十一日出院後，他除了照常上課，並在鹿港鎮拜許有德為師，學習白鶴拳的前進後退。

一年後，又學洪仔礁的少林拳法。

拳術都對健康較有裨益。是時田慮行老師在立法院內經鄭曼青大師親自傳授的太極拳，在鹿港公園傳習三十七式太極拳，陳憨厚每晨必到。對於鍛鍊身體與防身祇要有正確方法和持之以恆必有功效。例如該校體育組長孟焦武，北方人，祇知武力不懂王道，臉帶煞氣，身形高大（高出陳老師十多公分）。祇知選手練球，不知協商重要，他不滿陳憨厚老師管理高三孝班籃球選手洪大春的晨間自習點名。

有一天，孟焦武邂逅陳憨厚在塊空地角落內。正是學生上課時間，孟焦武藉故開玩笑，欲強行綁縛陳憨厚的雙手架背。陳憨厚眼看孟焦武來勢不善，急急退後，以白鶴展翅三進三退兩手向下擢起，使孟焦武欲綁陳憨厚的手掌無法近身。

「我們是同事，無怨無仇。拳法有些惡步、撇步（閩南語即傷人毒手）。同事嗎？應該和平相處。還是不使出為好，不再玩了。」陳憨厚警告孟焦武後，撒手不玩以假變真的遊戲。因此雙方都有下台階，就此收場，各自散去。

體育組長是訓導處轄下的一個組長，常時在訓導處辦公，與訓導主任關係密切。因此跟訓導處聯合，以陳憨厚仿簽名為高三孝班學生洪大春自習請假，在學期結束後，訓導處負責請假事務的職員黃揚名爆料。學期已結束，如果以偽造簽名向學校當局提出，事件鬧大有傷和氣，可能兩敗俱傷。考慮再三是不提為是了，因為學校教育以誠信為第一，揭發將作何解釋？

訓導主任張自民因為要結婚，女方家長堅決反對，他就跟愛人江素紅私奔，學校陷入不願聲張的低潮。雖然訓導主任張自民為人忠直，執行校規，鐵面無私，毫不妥協，但得罪了學生，學生都在背後戲稱他為「瘋狗」。

新任訓導主任沈永期，卻與女畢業生悄悄結成連理。也離開鹿港某中學。

全校教職非台灣省籍的男性年齡已屆三十多歲。不管女方妍媸，「明媒正娶」一拍即合。多數有幸福的生活、美滿的家庭。也有一、二不小心，不幸罹患惡疾，斷送了終身幸福。

一學年又開始，學校又有了新調整，學校升格為台灣省省立高級中學。

民國五十七年八月實施九年國民教育，將初級中學納入國民教育。鹿港國民中學校成立。高級中學分開為省立鹿港某高級中學，在鹿港西郊空曠地帶設校。

嶄新的鹿港某高級中學在距離海岸線中廣電台的西邊，地域廣大，大興土木建築教室、禮堂、辦公大樓、操場。

首任校長仍是余大鴻負責建設學校。其最大的貢獻，除了建校工程外，還有教員及學生宿舍。其中最幸運是其家人，因為校長宿舍比教員宿舍大。

至於教育的成敗在於師資人格感化。初期有幾位如台大、師大畢業的老師。末期比資格更進步不少，但真正感人的事並不多。

每逢學校有非本省男職員不幸歸陰，引起同事們同情惋惜。學校當局安排其妻為工友，並發起向同事們募捐。如林工友，其夫亡故時曾向同事們募捐。後來其弟經營企業，移民南非，林工友全家也移民南非。

林工友與陳憨厚之妻莊淑勤常因買菜碰面而混熟。所以林工友告訴陳憨厚老師，認為事過多年，喪葬費尚有剩餘，而未算清。陳憨厚老師認為事過多年。喪葬費用募捐多少？費用多少？治喪委員多少人？何日開會？都不清楚，黑箱作業令人存疑？校長余大鴻、總務主任易為湯是否有帳目也不得而知？

但總務主任易為湯卻恫嚇陳老師不得聲張？否則，對陳老師不利。因此，陳憨厚對於學校發起募捐。頗有疑問？

新學校舊作風。不論是教務、訓導會議都是主任、組長報告，教師人數不少。一靜默多於發言，仍是寒蟬效應。

有一次召開訓導會議，議題是「推行國語」。

「各位導師們！我們今日最主要是『推行國語』。希望在學校內，都用國語會話。在教室上課，教師『以身作則』，不講地方方言。」穿著灰青西裝結紅領帶，臉帶灰白枯瘦的訓導主任馮任天扼要報告。

「如果生物課，本地昆蟲，花草可用本地方言講它是什麼名嗎？」生物教師林維明站起詢問。

「不必了，既知學名就夠了。」訓導主任馮任天簡單回答。

「國語有些音韻與唐詩不合，如用閩南語頗適當。」國文教師陳憨厚想到閩南語就是河洛話，是隋唐時代的語言。因此提出唐詩的音韻問題。

「你們懂得閩南語，都用閩南語，還推行什麼國語？」馮主任生氣了，大發脾氣，全場靜默。

陳憨厚老師深知馮主任罹患胃病，甚感不該引起生氣，頗為抱歉；另一方面想：台灣的民主常未臻至說理、辯論的境界。這種威權行為在所難免，也就坐下，無言以對。直到散會，才離開會場。

（二十二）舊校長退休，新校長是彭照明

校長余大鴻於民國六十二年退休後，仍住在校長宿舍。接任校長彭照明，在教育界經驗豐富。他雖然比余大鴻矮些，但臉型較為清秀年輕，並能親自駕駛自用車，住在彰化市區自有宅院。

開學時，祇帶一位師大畢業從事學校工作多年的教務主任，並晉升一位師大畢業，服務鹿中多年的老師為訓導主任。總務主任仍為易為湯。

教員缺額，以招考為原則。職員亦如是，缺額一名，報考者十數位。外界以為公平競爭，必得優秀人才。那知放榜，則為本校工友躍升為職員。至於教員聘用，聲聲句句都是國立大學畢業生。

陳憨厚在鹿中服務不短時間，該校畢業生升上大學者不在少數。有一位畢業某私立大學者的校友，拜訪當時高三導師陳憨厚，因其父年老，想在家照護老父母。陳老師帶其面見彭校長，彭校長當陳憨厚及校友施清池面前大談師資的重要，以及他因此皆聘用公立大學畢業生，私立大學畢業生免談。陳憨厚老師明知某位老師是私立大學畢業，還

是彭校長聘請的，但當時也不好當面讓彭校長失面子。

在彭校長除了講教師聘用公立大學畢業生之外，還相當重視教學法。因此，常辦各科示範教學。

陳憨厚免不了示範教學。這時鹿中尚無大學畢業生是三民主義科畢業的。陳憨厚老師早就準備：「中國文學系大學畢業生除了教中學國文科外，還有什麼職業更適合。」故於獲得「中國語文學會」第七屆中國語文獎章後，即參加省教育廳舉辦的三民主義檢定考試為合格三民主義教師。故以三民主義科為示範教學，以下是陳老師的三民主義示範教學：

高商三年級學生四十名導師陳憨厚擔任三民主義課程。在未講解時，先行吩咐學生課前準備（泛覽課文）。上課後又在黑板上寫著：

「民族與國家」

民族形成的原因

民族構成的要素

一、主觀的要素——民族的意識

二、客觀的要素——血統、生活、語言（包括文字）、宗教、風俗習慣

民族與國家的區別

國家的形成——國父以武力說

國家的構成要素——領土、人民、政府、主權

國父認為民族是自然力與王道力量形成的；國家是武力與霸道力量造成的。（武力就是戰爭；戰爭對老百姓最吃虧。）

當彭校長蒞臨三商教室，坐在教室後面觀看。陳憨厚教師也從前門外進入教室，學生在班長口令之下鞠躬坐下後，陳老師即問全班學生上課前，是否略讀課文第五課〈民族與國家〉。

「有！」全班同學一致回答。

「有沒有問題？」陳老師問道。

「民族意識是民族主觀要素？什麼是民族意識？為什麼是主觀要素？」後排林好聖同學發問。

「民族意識就是民族成員有彼此一體，利害一致、休戚相關、榮辱與共的感覺。這

種感覺可有或可無是主觀的，所以是主觀條件。主觀就是全用自己的意思做根據去觀察事物。叫主觀，主觀條件就是用自己的意思觀察事物產生或存在的因素。」陳老師詳細的解釋。

「血統是什麼？」第二排靠牆壁的女生江碧珠問。

「血統就是血緣關係，譬如父母是漢民族，子女就是漢民族。如果父親是漢民族，母親是別的種族，那子女就是混血兒。不過當面講人不禮貌，而且中國的漢族多數與其他民族混血的多，反因國際化應該不用追根究底。」陳老師舉例說明。

「生活是指什麼？」坐在中央的許美麗起立發問。

「生活可分為生命、生存、生計等。生活方式指飲食、起居一切日常的境遇。如漢民族用箸（即筷子）、碗等，外國人有的用手或刀叉、盤子等。生活指生活方式（就是方法和格式），起居如房屋及床、被等。陳老師為引起學生的興趣，插了陳老師的美術老師講過的早年（民國八、九年時）留學法國的趣事：初到法國入夜祇知有床有墊，不知法國人床墊中猶如睡袋的棉被，在等旅館送來棉被，還譏笑法國人好笨？就是起居不同的趣事。現在已國際化，視野較廣闊，已不是『土包子』了。」陳老師詳詳細細地解答。

「我們台灣人的語言與國語因何不同？」在教室最後右角落的男同學許志勇站起提出問題。

「你問得好！現在台灣人使用的語言，確實與國語不同，但語言應包括文字。但跟閩南的漳、泉二府的話相同。閩南語原來叫河洛話，是黃河、洛河一帶的語言。由於中原一帶（主要是河南省一帶）時常發生變亂，故每次變亂，就有大批移民遷徙到江西、閩北到福建省以前蠻荒的南部；如五胡亂華時東晉，遷到閩南晉江縣（後來設府叫做泉州府）。唐朝時陳元光開發漳州；宋朝末年蒙古人建立元朝，也有一批移民遷徙福建北部叫客人（即客家人）；民國三十八年因大陸共產黨搞清算鬥爭，所以各省人民跟中央政府撤退到台灣省所謂『外省人』（其實是各省的）。原住民說：『你們都是漢人。』原住民的漢人就是漢民族。在明末有跟鄭成功來台的漢民族，有的卻是清朝派來官兵，如劉銘傳是台灣省首任巡撫，他的後代子孫仍在台灣的漢民族，報紙說『他的第五代孫女，現今在台灣』。如抵抗法國人入侵犧牲的將士有千人葬在北部地區（據說多數是湖南省的湘軍都是漢民族）。所以台灣話應該是原住民語言，原住民分為十二族以上，不知何種族先來？各省語言也是南腔北調，閩南語、客家話不相通。所以國民政府為統一語言選擇北平語言為國語，便於溝通，並制定注音符號方便學習，所以稱謂國語，大陸叫普通話。在公共場所應該用國語，在家中用母語。閩南語在隋唐時建都（中央政府）在西部一帶，故是隋唐的官話；現在大約用閩南語的人，除了閩南地區、台灣大部份地區、潮汕地區、東南亞（包括新加坡、菲律賓）的華僑，大約有六千萬人之多，佔漢民族不夠百分之六，是用閩南語。漢民族大約是中華民族的百分之九十以上，其他為滿、蒙、回、藏。

語言應該包括文字。語言與文字，與時變遷。文字在中國有金文、篆書、隸書、楷書及今的正體字與簡體字的演變。現在大陸推行簡體字，中華民國仍用正體字。閩南語讀唐詩最合韻。語法、語序都不變。日語、英文就不同了。語言有外來語常穿插其中，如『烏肉瘦』是日語老婦人，有人翻為『歐巴桑』，如『媽咪』、『劈腿』是英語翻譯來的舶來品。其餘有音無字可能是原住民的語言。我不是語言專家可能講得不正確？希望同學能諒解。」陳老師這樣分析閩南語。

「我國是否佛教國家？」黃秀吉這樣問陳老師。

「從我國歷史觀察：黃帝、堯舜禹……春秋戰國至秦始皇時，中國尚未形成宗教。佛教傳來是漢朝，由印度傳來的。有了外來的佛教，才激起道教的成立。本來中國就有儒、法、道等學派。我是福建省南部地方的人，所以對於閩南鄉村較熟悉。以我們鄉下來說，陳元光開發了漳州，所以被尊稱為『開漳聖王』。鄉村田莊都有一祠堂是崇拜的自已祖宗，如我們鄉村有一祠堂（是祭祀歷代祖宗的地方）。另一是廟，姓陳的是祭祀陳元光及有功的將士。故我國如果有宗教，應該是拜祖宗的宗教，家家都拜祖公（閩南語叫祖公，與祖宗意思相同）。後來佛教、天主教、基督教、回教等傳來才有宗教。

「風俗習慣：指自古以來相沿成俗的觀念跟行為。如端午節與中秋節，過年春節等被我國民族共同遵守，而有意識和無意識支配我民族的全體成員。」陳老師有條理地向全班同學敘述。因為時間不及再討論下去，陳老師就做結論講：

「民族是天然力、王道的力量形成的；國家是武力與霸道的力量形成。國家的起源是戰爭，本質是互助。」

由於時間關係，下節課再討論。鐘聲敲出結束，級長喊：「起立！敬禮！」

陳憨厚老師回禮後，趨向彭校長說：「謝謝，並請指教」。

「很好！很好！」彭校長客氣地講，也就向校長室行去。

陳憨厚老師回到導師室與導師們閒聊。

不久，閱報得知老總統因病逝世。

很多老兵跟著老總統東征北伐，抵抗日本的侵略，以及抵抗中共赤化大陸「保衛大台灣」；建設台灣成為寶島，流血流汗，千辛萬苦，換得經濟起飛。家家戶戶能夠不受中共暴政而沉淪。所以一聽老總統去逝如喪考妣，落淚悲泣、一片哀號。

我校同仁除了集體到喪靈堂悼祭之外，還有人多次到桃園縣大溪靈寢致哀。因為老總統北伐成功，對抗日本侵略我國，而選擇台灣為基地，建設台灣。實在是策略成功。雖然戒嚴太久，並修憲延任，且白色恐怖使很多人驚懼，但也是為求安定，不得已的作法。否則如西安事變縱容中共，致使神州沉淪；台灣是最後的乾淨土，如果為中共所染指，還有什麼可說呢？

陳憨厚當時有這樣的沉思默想。而且跟愛妻莊淑勤到過大溪靈寢及角板山行寓，以表哀悼與追思。

陳憨厚一方面擔任三民主義教學，一方面研究三民主義理論。而鹿中圖書館雜誌架上，有這一月刊叫《革命思想》雜誌，就是專門刊登這類文章的專門研究，他愛之如寶。

對於《國語文月刊》，反而覺得國語文教師自從大學中文系大量畢業，教員並不缺乏。因此放棄國語文，而就三民主義研究。對於老總統除了：（一）立功方面：有北伐、抗日、保衛台灣、建設台灣。（二）立言方面：1、解釋民族主義為「倫理」。民權主義為「民主」。民生主義為「科學」。2、續作民生主義未完成「育樂二篇」頗合現代人新思維。(三)立德方面：卻頗清廉，人生積極有作為，樂觀有規律。

每逢暑期。國立師範大學，也常有三民主義進修班。陳憨厚常被學校指定必需參加進修的教員；陳憨厚也樂意參加。

陳憨厚與莊淑勤結婚後，由於莊淑勤好強，有獨立自主的性格，歡喜獨攬家務。雖然有子女幾位，但是莊淑勤刻苦耐勞，無怨無悔。陳憨厚伸出分擔家事的手。莊淑勤會以廚房狹小為由不容插手代勞。

陳憨厚覺得背後有人撐腰，專心教學及閱讀新聞增廣見聞，有空則跟學生聊天談三民主義。

「陳老師！您上課祇講三民主義的優越，卻少講三民主義的缺點，如人口問題？國父主張增加人口。中華民國在台灣省人口的政策，卻是『兩個恰恰好』！」高三商科許志勇平常有話即講，常常提出問題。

「上課當然要講課本所講的。至於制定政策，就要看當時的情勢而定。例如美國有人批評三民主義為何要有民族主義？我們國父中山先生出生於清末，那時帝國主義侵略我國，所以要以民族主義團結民眾對抗帝國主義。時代進步，祇要保留，並發揚優點，改進缺點。三民主義是國父中山先生的思想體系，還是比當時的名人的思想進步，有系統與完整、偉大。你可以比較當時的康有為、梁啟超……等是否超過國父。梁啟超還欽佩「國父中山先生革命四十年意志力堅強呢？」陳老師比較清末的思想家作為推理解釋的依據。

「國父中山先生沒有缺點嗎？」許志勇繼續反問。

「中山先生是人，並非神。人就有缺點。但據史書記載中山先生並無重大過失，還算清廉為國事奔波，逝世後留給家人的是些書籍。並無財產。」陳老師祇有簡單答覆。

這樣與學生討論是時常有的，並不止一次。而是教室內、教室外，經常宣揚這一思想是中華文化發揚光大。

（二十三）彭照明升遷後，來個轟動一時的新校長

民國七十二年暑期之後，彭校長榮遷較有名的高級中學，來了一位柳金生校長。傳說是「省教育廳長蒞臨澎湖群島視察，在澎湖的校長們都想調至台灣西部中學服務，祇有柳校長則惟一想在澎湖服務的校長。」因此台灣省教育廳在暑期調動不少省立高級中學，把柳校長調至省立鹿港某綜合中學來。

這件傳說到了陳憨厚老師耳朵中，陳憨厚笑笑的質疑：這不奇怪？當然有後門可進出的？那時正是嚴家淦以副總統接任總統二年後，蔣經國先生由國民大會選舉為第五任總統，推行十大建設。任用財經人才李國鼎、孫運璿、趙耀東，創造經濟奇蹟。中華民國確實是新加坡、南韓、香港四小龍之首。教職員也由支薪數百元新台幣，升至數千元新台幣、而到了數萬元新台幣。經濟建設由三七五減租改進農民生活、發展農村經濟；到發展加工區及科學園區，都是經濟建設，為了解決人民生活問題。所以人民生活感到快樂，治安良好。是民生主義的實踐；但為民眾所樂道的「均富」。（據當時報刊所載：「最富的25％與最低收入25％是4.2倍。」）

至於提倡倫理道德，每校大門高懸忠孝、仁愛、信義、和平與禮義廉恥。推行國民中學，教育發達，是民族主義的實踐。

至於政治建設，是民權主義的實踐。但因中共而實施戒嚴太長，未能深化民主體制。陳憨厚也對國家還有信心。

有一天陳憨厚老師到學校總務處走動，不巧碰到總務主任周財金，談及各報刊登〈鹿中興建教室強索回扣〉。

「這是普遍的現象，那有興建公家的教室不給回扣的！」等一等又講：「記者真無聊！」一臉圓體胖常著新灰色西裝的周主任臉無愧色地這樣坦然地講。

陳憨厚老師祇覺得倒霉，碰了一鼻子灰塵，也就自行走了。

報載：「司法檢察單位在偵辦鹿中貪污案。」後來這事不了了之。這是鹿中幾十年來的轟動大事。

這學期結束後，中學校長又更動了。

（二十四）短暫的任期，又來個進步的新校長

新任的校長是張光榮，是國立師範大學畢業的，專心從事教育工作。跟著張校長前來是教務主任林育增、總務主任楊慶生，訓導主任李為祥是該校訓育組長升遷做主任，都是師範大學前後期的校友。

各處都很盡職，不若該校前的訓導主任的強幹硬幹，所得到盡是綽號「瘋狗」與「天狗」。可見師資的培植，並不容易，或非速食麵所能成功的。

陳憨厚獨自默想沉思。

陳憨厚來台後，即為基層教員，基層教育是人生最重要階段。教育工作應該就是春風化雨、潛移默化的。得先有人格高尚、學識淵博的師資。與每班不超過三十位學生，常常互動相處，沒有不被感化育成的道理。

那時軍隊國家化，公務、教育人員退休制度完成軍事人員退伍，可領終身俸，輔導會成立了。

蔣經國總統又宣布開放黨禁、報禁。言論自由，可以上罵執政者，下批評縣市長。

說理辯論真自由。

蔣總統經國先生喊出：「犧牲奉獻，享受犧牲。」不是口號，而是從自已做起。他經常穿著一襲舊夾克西裝褲，家中陳舊的沙發桌椅，比一般家庭落後。以總統之尊的權勢，其能自制，確實不容易。影響到下屬的清廉，舉例如財經專家擔任過財政部長李國鼎先生，就是這個樣本。

中華民國的復興，就是領導人勤廉治國的結果。但蔣經國總統卻不幸逝世，其繼任，依體制，由副總統代滿期間。由於是代理，尚能盡職。陳憨厚也滿規定六十五歲，退休了。

（二十五）退休後與校友大談鄉土歷史

是退休第一週日上午，陳憨厚正在整理「鹿港鄉土歷史」。校友許志勇跟考上某大學歷史學系的陶根木來教員宿舍訪談。陳憨厚表示歡迎，穿著較隨便，是白襯衫、黑西裝褲。

許志勇與陶根木家都是牛頭的鄰居（今之萬壽街），都穿著灰藍的青年裝。祇因陶根木研究歷史，覺得鹿港抗日規模不甚輝煌？因此請教陳老師。

陳老師講：「鹿港是一港口，配合彰化八卦山抗日。殺了能久親王及山根少將是有名的抗日史。

在鹿港發生的可能規模較小，但時間較長。如鹿港詩人文士許逸漁、施少峰…等人組織大冶吟社就是目睹日本帝國主義鐵蹄踐踏我國土的殘暴，滿懷壯烈，發為詩篇的民眾團體；還有學者洪月樵著有《寄鶴齋詩文存》，就是以詩文抗日。吳定本（大興國小老師）也作新詩播種於校園。

又如鹿港十二公，是日本軍人常藉『土匪』以屠殺我無辜的同胞，據史書記載：

『鹿港十二公事件。』發生於日本據台的第二年。鹿港城隍廟（今之媽祖宮後的中山路）廟內有善良老人及幼稚天真的小孩總共十二位，忽被日軍指為『土匪』捕殺於廟前（今之菜市場邊緣燒字紙的地方）。兇耗傳來，鹿港同胞憤懣填膺。為了紀念這十二位無辜被殺的同胞，在其被殺的地點用磚塊築成墳墓，以供祭祀（後移至崙仔頂，今建鹿港體育場）。其英靈乃化作正氣，永植於鹿港同胞的心中。

抗日英雄：鹿港有許肇清、許肇波、許夢元、陳憨番、林文欽、施仁恩……等。抗日事件於公元一八九七年五月十八日攻打土城（今之文武廟一帶），與日軍激戰數小時，安然退去。領導這一事件的人，有陳憨番及許肇波（俗名叫和尚仔）的族人。」

「鹿港這樣小的地方，有這樣抗日表現，也是民族正氣。雖無輝煌的規模，也是不容易。」陳老師下這樣的結論。

許志勇與陶根木默默的聆聽。

這時許志勇又發言了。

「老師對於『中華文化』的態度如何？」許志勇又提到「中華文化」。

「『中華文化』精深博大，一時也講不完。中山先生的三民主義雖然講是世界潮流形成的；但我卻覺得禮記大同篇是歷史累積形成的，我中華文化的三民主義。現將我記憶所及的略為分析如下：『大道之行也。天下為公。選賢與能。講信修睦。故人不獨親其親、不獨子其子。使老有所終，壯有所用，鰥寡孤獨者皆有所養。男有分，女有歸……』「陳憨厚一面講，一方解釋：「『大道』可以解釋謂『偉大的理想』。『之行也』，就是實行起來，『天下為公』是大家都無私，『選賢與能』這是民權主義；人民有這觀念，再加上健全的選舉制度，就是好人出頭天。『講信修睦』這是民族主義。『不獨親其親、不獨子其子』，這是大愛，這是三民主義的博愛哲學。有了它，可以使族群和諧，民主社會和諧。有了它，民生主義就容易『均富』，『壯有所用』，『鰥寡孤獨者有所養』，是民生主義的福利政策，也是關心全民均富的做法。」陳憨厚談理論滔滔不絕。

校友許志勇與陶根木又是上課一般靜靜坐著聆聽。

還是莊淑勤拿茶壺、茶杯，放在桌上，請大家喝茶。

陳憨厚才停止論「中華文化」。

許志勇、陶根木這時不約而同看了手錶，覺得時光易逝，就與陳憨厚老師講「再見！」陳老師送到門口。

（二十六）急於返鄉探親

離開閩南家鄉匆匆已有四十多年了，如何不急於返鄉探親呢？當時由美國長子志誠家寄封信回漳州中山東路一百七十號老宅。

不久，志誠轉來陳憨厚胞弟阿明一封信函，大意：「…老母親尚在…」，這下可急欲知老母的近況，急忙覆信。

數十日又得胞弟來信。信中卻講：「第一封信不談死訊」，第二封卻談老母於去年病故及殯葬實況，並附照片數張。陳憨厚祇能悲啼慟哭，淑勤跟著哀號，同時準備返鄉事宜。

那是秋季時節，陳憨厚跟莊淑勤由香港轉機飛廈門機場。胞弟親迎於機場，當夜直奔漳州城區。

夜色晴空一片蔚藍，沒有點點車燈，也沒有長龍車隊，好寂靜的高速公路，寬闊暢通。胞弟與兄嫂並排而坐，但卻無言以對，不知講什麼是好。胞弟猛吸香煙，煙灰隨手丟棄於車外，為兄不得不對妻淑勤談「環境維護」。但淑勤不吭氣。車行快速大概是入夜九時，抵達漳州賓館。

住賓館第三進的二樓。寬敞舒適。一夜疲倦，很快就闔眼，雖然人地兩疏。卻頗新鮮舒服。

陳憨厚與莊淑勤都有早起的習慣。俗語這樣傳說：「早起的鳥兒有蟲吃。」而陳憨厚不止早起，且有打太極拳的習慣。就在客廳內打起；太極起勢，右攬鵲尾，掤、握、擠、按時。胞弟推門進入。

「繼續打下去，這裡練香功很多，我已經練香功第三級。」胞弟在旁邊這樣講。

陳憨厚也就繼續打完一套。

「像是培訓階段的能手。」胞弟的評語。

陳憨厚心中明白：「這是我有恆的成績。」但希望胞弟帶領我倆到幼時認為最美味的「鼎邊垂」，以便慰勞第一次返鄉探親的老伴莊淑勤。因為環境改變，陳憨厚在賓館附近的街道相當陌生，雖然是故鄉，但卻往來無熟人。

陳憨厚夫婦與胞弟踏出賓館大門，東街走走，再走西街，仍然失望未見早點店。最後找到一家剛起灶的食館，也就叫了三客早餐，卻是昨日剩餘的冰涼食品——包子。

「沒有這樣早起的食客。」胞弟的理由。

陳憨厚心中自言自語：「原來共產社會是這樣懶洋洋的。」店員也不懂招呼客人的禮貌，還講什麼發展業務。

店員端出三盤包子後，陳憨厚夫婦及胞弟勉強吃這頓不愉快的早餐。然後在胞弟引導之下，欲返胞弟之家。

滿街是腳踏車。漳州是向中區發展，人口變多了。胞弟建議坐三輪車。

三輪車，這樣落後的車輛；在陳憨厚印象中，台灣二、三十年前，就由於機車、汽車大家都能自備，買得起，而廢棄舒適新穎的三輪車。在故鄉竟然用這種簡陋設備為代步工具，可見共產社會的一窮二白。

回家祭拜老母，陳憨厚夫婦心中悲傷淚如雨下。家人雖然平安，胞弟、弟媳以及二子都能成家。但卻因政策一胎化。後代祇二孫女。

第二天，拜訪近親，雖然向機關借到汽車代步。但受訪者與外來人好像被監視，尤其被清算鬥爭的親戚，子女都被分散各地。

參觀幼時的小學，比較四十年前的設備，祇覺得落後很多，尤其是公廁，髒臭更甚。究其原因，是教育制度紊亂，師資低落。

今每一家庭，仍然是四十年的井水、沙漏。漳州城區四十多年前，就有電廠，現在反而更落後。較好的家庭，祇不過是電纜延伸到庭院。住戶沒有廁所衛生間。

現在雖然遠離票券時代，仍然分隔城鄉。青少年時尚向錢看。有何人格人權？更談不到人道主義。

陳憨厚夫婦為求了解全國情況，參加了廣州、桂林、南京、上海、北平、萬里長城之遊。所得的印象，仍無法改變落後。…鄧小平瞭解世界各地的進步情況，所以提倡開放改革。

（二十七）在美國考察其所以強大的原因

大陸實行共產主義得到的結果——一窮二白。

陳憨厚失望後，搭華航班機，到了舊金山，住在大兒子家裡。大兒子只有一女孩，以他月薪可以遊遍全美國。因此到華盛頓參觀了各博物館及名人古蹟，還到賭城、夏威夷、黃石公園等處遊覽。

回到家常與兒媳、牽手談及一路所見與感想。

「妳到美國有何感想？」陳憨厚問老伴莊淑勤。

「旅途愉快，看了很多景緻！」莊淑勤簡單答覆。

「我是問這幾年住在美國，觀察其社會及自然環境有什麼心得。」陳憨厚有了清晰的題目。

「自然環境是花園城市。到處是花草綠地一片。交通四通八達，人行道是城市必備的設施。而令人叫好的是禮貌，真是禮儀之邦；大車讓小車，小車讓行人。其實行人甚少，當自家汽車每至十字路口，一定停聽看。如有行人，必定揮手讓行人先過街道。你

在考我，我的心得不錯吧！」莊淑勤回答後，撒嬌地反問陳憨厚。

「妳對自然環境所得分數及格。但對社會環境祇答對行車及禮貌。我來補充：他們的抗議，很簡單，祇排一隻棹子，寫了幾行英文，或分隔反對與擁護兩邊，他們很理性訴求。警察有尊嚴，不像野蠻國家，犯罪者視若無人。選舉像嘉年華會，沒有情緒化的煽動，更少到每戶賄選。他們都愛靜，就是行人車輛經過也是保持肅靜，這是不簡單的環境，我們以為屋內無人也。還有妳看人與人爭執或糾紛嗎？他們的糾紛可能是有的？可能訴諸於法庭？法庭能獨立審判，不受政治干擾，行政也中立，不依黨派有些傾斜。最主要的是上班努力工作，休假儘情玩樂；沒有在地人牽引親戚，為朋友說項，好像桃園三結義，說義氣，不分是非。」陳憨厚趁子孫不在，坐在美國市的普通屋內的中庭滔滔不絕，講個不停，似是上課一般。

「你講完嗎？卻漏了最重要一項，就是誠信。」莊淑勤靜靜地聆聽，卻提醒陳憨厚。

「是的！我漏了做人的基本道德——誠信，我該打屁股！」陳憨厚在愛妻之面前認錯。

美國住膩了，就搭華航回桃園中正機場轉彰化鹿港。

（二十八）各電視台播出天災與人禍

鹿港鎮教員莊靠近通路防風林（木麻黃樹）的宿舍第二列第三棟。經過一道圍牆，進入一丈見方的客廳。對門的正方，是陳氏祖先的神龕。桌面排些香爐、燭臺之類雜物。兩邊釘著紅漆木板，是潁川堂（橫披），兩聯都適用毛筆硯墨寫成的：上聯是「潁水翻騰修德性」，下聯是「川流不息固根源」。客廳（佈置）：中央玻璃桌面下是藤條的架座，配上青色絨布的坐墊，倒也雅俗共賞，簡單樸素。同時三面牆壁掛著李超哉的墨竹畫，以及梁寒操、袁守謙、李宗黃、歐陽錦華等人的墨寶，較有意思的是袁守謙寫的「人生觀——人生以服務為目的。」

窗下電視機前，經常坐著一位身披皮夾克、穿黑褲，滿頭銀白鬅鬆的糟老頭——陳憨厚，孤零零地兩眼瞇成若開似閉的，斜視著破碎的山河——這是「九二一地震」五週年重播的紀錄片。

「督敏利、艾利、海馬：颱風、土石流、水災⋯台灣何時脫離這場天災加人禍的悲慘——活受罪的刑罰！」糟老頭靜默的沉思。⋯⋯「國土重整的復育計畫何時才能實人。

施？至今毫無蹤影？」

門一打開，踏進一位身形矯健，穿大紅運動衣、白色運動褲、腳踏綠色球鞋的老婦人。

「整天觀看水災電視。太乏味了？還是無看（閩南語），心情舒暢些。」這婦人對著糟老頭瞄一眼，就開口發聲說。

「老天爺啊！你既有『悲天憫人』的善意；為何沒有『人飢己飢，人溺己溺』的善行？」糟老頭陳憨厚正在默默禱告。「妳看災區狂風暴雨，我們有個安樂窩，也較幸福了，也該為災民想想看！」

被牽手（老伴）這一番指責，老婦人頓時理性地回話：「你這人並無一官半職，卻背負『國家』這一重擔。卻不知『不在其位，不謀其政。』算了！還是靜靜心，健康最重要。」

「公民社會的每一份子，都負有此一責任：所謂『國家興亡，匹夫匹婦有責』是也。公民應該發出聲音。因此，我要講：這一超強的疾風豪雨是天災，而溪流中的漂浮木材，可能是山老鼠濫伐樹木的證據。連治安人員也不敢吭氣，可見官商勾結的惡劣勾當。避免找麻煩？由此可見少數人仗勢破壞大自然的環境，而政府卻未見重整破碎的家園沒有長遠的計畫，這就是人禍。天災加人禍，人民再不發聲？還有什麼『人權立國』可言」。陳憨厚聽到老伴「沒一官半職」之語，更要說明知識份子的使命感，只是自稱知識份子是不是太自大了，因此改口說「公民」。

牽手（老伴）聽了卻轉進廚房。片刻，又出現在客廳裡。

「淑勤！我想起往昔閩南有個故事。你有空聽嗎？」陳憨厚逮到機會，急忙上前，親暱叫了一聲。

「你講就講罷！何必囉哩囉嗦呢？」淑勤倒很乾脆坐在椅子上。陳憨厚咳了一聲，清清喉嚨。然後有條理地敘述：

「昔日閩南地區有這樣一個故事傳說著：有個富翁生了獨子，大家稱他『喫奶舍』，是個花花公子。但他真是『好命人』，享盡人間一切榮華富貴後，暴斃歸陰，魂魄飄至陰間地府見了閻羅王爺。

閻羅王升殿後，詳閱喫奶舍的生死簿。覺得他在陽間浪費了巨量物資，所以罰他下世出生為貓。喫奶舍竟拍手叫『好！』

閻羅王很奇怪？就問他：『為什麼這樣高興？』

『世間有錢人，才懂得抱貓溜狗；而且愈富有愈把貓狗當成寶貝。所以要求閻羅王

讓他投胎富豪之家的貓狗。』喫奶舍坦白的答覆。

「你胡扯到那裡去了。我在台中出生的，陰間閻羅王與我何干？」淑勤不聽陳憨厚的故事，立刻站起轉入房間去。

電話聲「鈴…鈴…」響，陳憨厚接了電話，對方說叫陳憨厚聽電話，陳憨厚說：「我是陳憨厚。」對方傳來「爸！爸！」的男子喊叫。陳憨厚得知是詐騙集團，所以放下電話。

因此心情鬱卒，食不知味，睡不入眠，甚至神不附體。心裏有些徬徨。不是白天見鬼，就是夜裡狂喊：「有刺客要殺我！」讓酣睡的老伴，不得不起床亮燈，開門探頭。

「有人影！」陳憨厚逼真的喊叫。

淑勤愣住，又開門往外看清楚：「哪有人呢？」這樣幾日幾夜，不得不找醫院。

「是憂鬱症。」醫生問診後，肯定地講。離開醫院返家後。

「這是自作自受，不該把政治攬來困擾自己！」老伴莊淑勤責備陳老頭。

陳憨厚既感委屈，又覺得無奈，只能裝睡抱頭不聲辯。

當夜，卻做個惡夢。

他依稀記得：「吞了醫師所給的三顆白色、紅色的藥丸，當即昏昏沉沉的大睡。好像進入一處櫻花盛開的樹林內，地上落英繽紛，櫻花化作泥。

忽然想起嗡嗡的響聲⋯，陳憨厚舉起手要撲殺蚊蟲。

那蚊蟲身形忽然變大，並且向陳憨厚開口講話：

『我是古代扶桑國千年的蚊精。後來投胎皇民之家。我的個性是『西瓜靠大屏』（有屏障可以依靠），就是趨炎附勢；我的特長就是白賊（撒謊）。我的運圖帶煞氣。我曾任下級軍官，也曾加入共黨、K黨，潛伏好久，後來又辦學，學長跪拜禍首祈求寧靜和平。但我的『大屏』倒了，我是個老爛的西瓜，我祈求的是好空（外地人講「好康」），是空中有榮華富貴，萬世一系——我的阿泥啊！是女王⋯」蚊精想再講下去。忽聞鹿港崙仔頂在放鞭炮「嗶嗶⋯別別⋯」陳憨厚驚起，一切都是夢，幻影消失了。

「淑勤⋯淑勤⋯」陳憨厚想把夢中情景敘述給老伴淑勤聆聽。

「你的夢幻，不要當作真實的事？是種虛假不實的夢。你真傻！何必計較對錯，反正你管不了，還是不問不聞的好？」淑勤聽到陳憨厚的叫喚，知道陳憨厚醒了，也就急忙坐在床沿講了這一堆話。

「淑勤！你的話我聽了。我也認真的考慮；還是要分辨大是大非。人不能像鴕鳥一樣，人家一追，祇知把頭埋藏在沙中，露出身體的大部分。以為這樣就安全了，這是錯

誤的想法。」陳憨厚口氣溫文體貼地講。而莊淑勤卻轉換了話題。

「憨厚！我昨天到台中跟昔日同學聊天，提起白月桂。白月桂的兒子青竹改名叫金德，你卻不知道？」淑勤問著陳憨厚。

「不知道？」陳憨厚疑惑的回答。

那我就來講：「白月桂與他的乾哥何乾興結婚後，到美日等地旅遊，頗為恩愛。但十多年後，仍無子嗣，這就急了。其乾哥因應酬繁忙，冷淡了白月桂，因此小倆口有了爭執。何乾興酗酒更凶，甚至徹夜不歸。白月桂苦不堪言。他的老母建議：『將堂兄的三子作為繼子。』白月桂接受老母親的意見，因此辦理承繼手續，並將白青竹正名為何金德。不久家電業衰落了，銷售不理想。何乾興賭性大發，一賭千金，愈輸愈賭，從『富裕家庭』變成『負債家庭』。繼而掏空公司資產，被判徒刑，在獄中病逝。白月桂受此打擊，精神頹唐。……」淑勤講到白月桂，同學情深，頗為惋惜。

「哪。…其他同學有何意見？」陳憨厚雖然未見白月桂很多年，但並未忘情白月桂。「這是成年往事。是因最近『正名運動』，大家以為『改名』可以『改運』，其實不是這樣。」淑勤說明經過情形。

陳憨厚因為莊淑勤屢提白月桂，因之而煩惱。他講要外出散散心，也就自行掩上了門，向著鹿港中山堂前進。

到了中山堂，已有數位老朋友在聊天。

（二十九）中山堂集會是公民論壇

陳憨厚呆在家中，一覺得無聊，總是向中山堂來湊熱鬧。

今天中山堂內集合老者六、七位。這些耄耋，講話緩慢，頗有道理。常來者有：

杜滄海：當過國軍在大陸的地區司令，很少發表政治語言。

林為民：山東硬漢，身高祇一百六十公分，每晨必有新消息。

郝國忠：湖北人，國語不標準。

陳啟文：閩南人，中風後，語言說來吃力。

老賈：姓賈，不知其名，只知不滿現實。

老劉：是安溪人，熱中時事，見解偏頗。

陳憨厚：教員退休，理論一大堆。

陳啟文跟陳憨厚是同鄉，較為親近，也帶有地域觀念。

「『二顆子彈』有何發展？」碰頭即談論時事。向著陳憨厚詢問。

「這是無頭公案？只聽抵抗與辯駁？不知真相如何？司法與行政是否中立？要求不必太高。」陳憨厚含糊回答。

「真調會遇到行政機關抵抗權，只能向立法院報告。立法院雖名為國會，其實是沒有效率的國會？」林為民加入斥責。

「這回真調會報告，也是立法院有史以來的紀錄！」郝國忠雖然國語不正確，大家還是瞭解他講話的真諦。

「他媽的！貧民之子，並非貧民親生的；而是他的母親劈腿懷胎生的！」老劉一開口就罵人，而且服裝不整，腳拖著一雙爛皮鞋，一搖一擺地出現。喊聲引起大家注視。

「我們這個場合，應說些理性的話。胡適說：『有一分證據，說一分話。』你今年幾歲？你有看見他的母親嗎？這是人身攻擊，是誹謗，非論政。如果說他公私不分，較合理。如炒股票者的推車者的丈夫升為董事長，女婿、兒子借用公家車。推車的拿津貼，是公帑（納稅人的錢）。這些這些舉不勝舉，太多了。凡是媒體或監察院糾正的事件，都可以公公道道的評論，不需要扭曲。如前統治者，你講他是日本人與本地女人懷了胎，才送給刑事助理為妻。這要推論他是否有哥哥。如果有胞兄，這將如何解釋？我們最好有頭腦，能分析，能辨別是非對錯，絕不盲從附和。」陳憨厚愈講愈起勁，也不知對方有何反應。

「這是政治的事，我注重基層里裡的事。我們的里長，幹得很不錯，是人才；如發動年輕的女性清晨清掃道路。提倡兩性平等；但某立委經常大鬧誹聞。」杜滄海講話了，是誇里長，是抨擊立委。

「福建的飛彈，對準台灣；他媽的！快戰爭了。你是不是中國人？」老賈遲到了，仍然對陳憨厚有成見。以為閩南人都是鎖國者，都是異類，所以問他「是不是中國人？」

「我是中國人。飛彈！飛彈！你講了幾年了？飛彈不長眼睛，在台灣不分中、西部，吃虧的多是老百姓。」陳憨厚不客氣的答覆。

「中華民族是愛好和平的民族，絕對不受飛彈的恐嚇而改變立場。只有專制的政權，才不准人民有自由，威脅恐嚇人民。共產黨是馬克思、列寧、史達林的思想，是外國人的思想，不是中國人。」林為民反駁共產黨才是外國人。

「『去中國化』，就是不能容忍中華文化。閩南語是河洛話，是黃河、洛河的語言，如何『去』呢？河洛話是隋唐的官話（普通話），如何『去』呢？風俗習慣？將媽祖、孔子變成了『敵國』化，真的就像原住民說的『你們都是漢人』。泉州、晉江人是晉朝遷徙到閩南的漢人；漳州人是唐朝陳元光率領漢人開發的州府，所以稱陳元光為『開漳聖王』；客家人是宋末因為中原大亂而遷徙到閩北及粵北的漢人。光復後來台的外省人，也絕多數是漢人。如何『去中國化』？發揚武士道？難道祇送釣魚台給日本，就是『去中國化』？」陳憨厚反駁：「『去中國化』台灣還有什麼化？」

「『去中國化』那些人，有的自稱『二十二歲前是日本人』，有的是生母是日本人，多是軍國主義的餘孽。」郝國忠也反對「去中國化」。並且結論還講：「這非台灣主體意識，而是跟原住民同在一島上。」

「『去中國化』其實是想消滅『中華民國』。這些人領的是『中華民國』納稅人的錢。『中華民國』是亞洲第一個實施民主自由的國家，迄今已九十四年了。憲法本來就寫著『自由民主平等』，本來完整美好高尚的憲法，卻遭到野心的政客，一再破壞、刪改；如今面目全非，行不通；這些耍賴的政客，索性『毀憲獨裁』。」陳啟文也大聲憤慨地陳述。

「總之，這些年分裂、內鬥、空轉是毫無意義的？」郝國忠這樣下結論的說道。

「還有台北市某醫師說謊話，嚴重的不得了。要撤職、要查辦；而政客常常撒謊照樣有權力。這是政治的不公？還是選民智慧的庸劣？這還被罵『自作自受』，還被冠上是『勇敢的人』？」林為民再加以補充。

陳憨厚在家中聽到白月桂的年老遭遇——命運坎坷，到了中山堂的公民論壇又聽到了各位談論時事的批評，更加憂心鬱卒。外地人雖然大多反共到台灣來，現在卻被指為「聯共賣台」。紅帽子亂飛，遇到智慧不高的粗人，一窩蜂瞎鬧，又不知反省，這就是目前政壇的民粹成就。

陳憨厚沉思默想：我到鹿港某中學，打算終身自為教育打拼，日夜公而忘私。參考道長天施子的指示，無私，順從人類的主流價值。默默苦幹，宣揚道德，不求享受。本可擠入大同世界，但現在教改、農改、政改……一大堆的改革，都不用談了。…反覆思考。…告別公民論壇，趕回家中，莊淑勤在家中靜寂的等…等，終於等到心上人。

「憨厚！政治的事，最好少講些。」淑勤還是勸告陳憨厚。

「妳的消息真不靈！還是民生問題重要。民生派大勝！」陳憨厚忽發奇想。

「是醫師勸你不可太煩心，太憂慮。」淑勤把醫師的話抬出來。

這時陳憨厚真的安下心了。淑勤仍然忙著家事。相安過著平靜的生活。

昔日的校友陶根木，聽聞陳憨厚老師罹患憂鬱症，匆匆從墾丁趕回鹿港。前來慰問陳老師，並講一個故事：「最近墾丁鄉間一帶，盛傳：『有一糞坑出現地形變態，漏向附近魚池；群蛆與孑孓蠕動或翹首翹尾集體而出，密密麻麻，臭氣沖天。翻騰埋沒，洶氣刁鑽。爭上恐下，翻雲覆雨。不斷鑽營，希期出頭天，猶似封建時代的雞犬升天。眾蚊其飛，嗡嗡助威，特別風神（閩南語：指氣勢鋒頭健盛。）

不料魚池中養殖有青脊鰱、虱目魚，魚群張口吞食不少活躍的蛆蟲與孑孓。蚊精不斷嗡嗡哀告要『正名、制憲』。原來血統無法更改，祇做展翅嗡嗡的伎倆而已。…」

陶根木一面講故事，一面安慰所敬佩的導師陳憨厚。校友陶根木是屏東某中學的歷史老師，因此在說明歷史定位的重要性。最近希特勒、東條英磯還不是遭人臭罵！軍國主義的餘孽，還能囂張多久？陶根木講了歷史及慰問的意思後，即行向陳老師辭別；臨行依依不捨！

這幾天陰雨連綿；天空密雲遮蔽，大地氣氛不佳。

由於立委選舉，民粹失利。謝揆組閣：喊出「和解」、「協商」、「安定」的口號。其實老百姓有了解「二顆子彈」的真面目以及監委的名單可以協商；都祈求「安定」的心意。

這是陳憨厚不解官方口號的巧妙？再加黑心豬肉、黑心商品……酒醉駕車、詐騙集團等等。據統計「每兩個小時半，則有一個人自殺身亡。」……這真是大浩劫。

（三十）海嘯：下沉一片綠

南亞海嘯迎面而來；吞噬了四十萬人。亞齊妄想沒了。

陳憨厚憂鬱症復發。幻影一幕幕。最離奇的是幻象：「東海岸強烈地震；掀起像三層樓的大海嘯。驚濤駭浪，堆起千朵雪白巨浪，下沉一片綠。」

附錄

一、談閩南話與母語教育

一、閩南語是古漢語：

（一）漢語分佈廣闊源遠流長

今天大陸上將近十二億人所用的語言，百分之九十五是漢語。其流傳的時間：自華夏民族建立了漢朝自稱為漢人後，其語言就是漢語。（以前春秋戰國時代，有齊語、晉語、吳語等。）漢語從大陸傳播到世界各地，可以說：「有漢（華）人的地方，就有漢（華）語。」

漢語流傳時間長遠、地域廣大，人口眾多；難免有了分歧的現象，所謂「南腔北調」。就像英語也分出了美語、班圖英語、洋涇濱……等。漢語在今天分為普通話（即北平話，官話，中華民國定為國語。）與各地方言。我國語言學家趙元任。他不管你說的是那一種漢語，祇要摸摸你的嘴巴，他就可以找到你發音位置，說出你的方言。

（二）閩南話不是台灣話

閩南話是古漢語，這是語言學家早就認定的。但是今天有一小撮人，因為政治關係，硬把閩南話說是台灣話，而瞎說自已不是漢民族。卻不知道說閩南話的人有四千多萬，分佈在閩省的南部（清時的福建省泉州府和漳州府）、粵省的北部（今之汕頭、汕尾、潮州、澄海等縣市），還有海南島的瓊州及浙江的溫州一部分，海外星、菲、印尼、馬來的華人，也有大部分人說閩南話，而不祇台、澎說閩南話，正像台灣另一種語言客家話，也是分佈遼闊，而非台、澎才有。

（三）閩南話就是古漢語

（1）從古籍找證據

閩南話中有很多詞語，在古書中可以找到，在現代的漢語（即官話、北平語、大陸稱普通話，中華民國定為國語。）卻已經不用了。如「鼎」就是現在說的「鍋子」、如「地動」就是現在說的「地震」、如「後生」就是現在說的「兒子」，「旋尿」就是「小便」、「才調」就是「才幹」、「牽手」就是「妻子」、「頂晡」就是「上午」等等。

（2）古詩中的音韻印證

現代人唸古詩，有些詩韻不對；如果把它改用閩南話吟誦，卻合古韻。如賀知章回鄉偶書：「少小離家老大回，鄉音無改鬢毛衰，兒童相見不相識，笑問客從何處來？」現在國語「回」和「衰」不同韻母，閩南話卻相同。為什麼閩南話會合於古詩詞的音韻呢？因為古代有少數音韻已在現代漢語中消失，而仍然保存在閩南語中。

（3）從多音字證明漢語與閩南話本為一家

漢語有一字讀多音的，閩南話也一樣。如「會計」的「會」字，「三重」的「重」字。在閩南的地方，讀音、說話都跟著漢語一樣。但是語言如流水，常跟環境而變化。台灣曾經被日本人佔據了五十年，日本人徹底推行「日語家庭」，好多台灣人也就說日語了。當時的青少年是光復後的老壯年，對於閩南話也就不靈光了。致使今天把閩南話說錯了。如「會計」說成「開會」的「會計」，把福建省的「同安縣」，不說銅（ㄉㄤˇ）縣」，而說「共同（ㄊㄨㄥˊ）」的「同安縣」；但台北縣三重市卻仍與閩南話一樣是再三重複的「三重」；台灣的閩南話也與新加坡的閩南話在詞彙上也有小異，如台灣說的「冰箱」，新加坡叫「雪櫃」。

（4）閩南話不論語法、語序都與漢語相同

閩南話和漢語祇是因為時空長遠，致使聲音有南腔北調，而語法、語序完全相同；不像英、日語，在語法、語序上與閩南語完全不同。但有人說：「如『歐巴桑』、『阿沙力』就和漢語大異」？對的，這些「舶來語」，搞亂了閩南話；如果閩南話中不是「外來語」，而與漢語不同的，大都可在古籍中找到它的根源。

（5）從移民的年代看漢語的變遷

福建省是中國的邊陲地帶。晉朝五胡亂華，漢民族紛紛南遷避難，有的遷到福建南部，為了不忘晉朝，所以住地叫晉江（清朝設泉州府），泉州府的閩南話與漳州府的閩南話大不相同。因為漳州府是唐朝河南人陳元光開發的，所以大家推崇陳元光為開漳聖王。漳州話比泉州話接近現代漢語（即國語）如漳州話的「中華」的「華」，「花卉」的「花」，「西瓜」的「瓜」‥‥都與現代漢語音義完全相同；泉州話卻不相同；客家人是後來移民，其語言更接近現代漢語。由此可見語音隨著年代而變遷，好像英語變成了美語，漢語變成了各地方言。

（6）從音義相同印證漢語與閩南話本為一種語言：

現代漢語和閩南話，音義相同的太多了。姑舉下列數字，則知曉本為同一語言。如春、花、英、蘭、中、瓜、藍、南、鈴、靈等等。

二、母語教育

母語教育最有效、最有利的實施場所，就是家庭。母親隨時隨地把語言教授子女，既自然又方便。世界上除了天生的聾啞，很少子女不懂母語的。也很少聽說過學校大力推行母語教育；除了帝國主義強迫殖民地人民不得應用母語，如日據時代的皇民化運動，禁止使用母語，才有必要反抗日語教育；今天的家庭，那有不使用母語的？

台灣解嚴後，怪事一籮筐，母語教育就是其中之一，現住台灣的人，除了先住民九族外，還有全中國各地方的人。為了聯絡感情、溝通意見，必需有統一的語言。台灣自光復後，推行國語成績非凡，幾乎人人都會聽、會說，所以沒有語言隔膜；如果和外國人交往，還有從國中開始，即有組織、有系統的英語教學，大學還有各種外文系，也沒有語言不通的困擾。

最近民進黨卻大力推行母語教育，並做為本屆縣市長競選政見之一。其實民進黨執政的縣市，早已撥出了不少寶貴的教學時間，胡搞一通，真令人啼笑皆非！原因是母

語有先住民的九族語言、有閩南話、客家話以及各省的方言。單單閩南話就有漳、泉、雲、浦、詔、東以及汕頭潮州之分。到底要教那一種母語？有必要佔用自然、社會、數學、美勞、體育的時間去從事母語教育嗎？歷史上以統一語言為進步或以提倡方言為進步？

民國以前，沒有國語統一運動，因此南腔北調，非常不方便，力量不能集中；民國以後，為了團結民族抵禦外侮，才有國語統一運動。對日抗戰，國人能夠同心協力，共同奮鬥，能不說推行國語的功勞嗎？今天我們何忍再搞分裂？推行國語？這不是「大中國主義」？而是團結民族的誠意。

（原載於《革命思想雜誌》第七十五卷第六期）

二、國父思想與台灣漢族民間故事

一、國父思想與台灣漢族民間故事的關係

國父思想淵源精深博大。根據國父自已說：「有因襲吾國固有之思想者，有規撫歐洲之學說事蹟者，有吾所獨見而創獲者。」（註一）由此可見國父的思想淵源可分為三方面。其中最主要部分，就是我國的固有思想，也就是我漢民族的固有思想——中華文化的精髓。

台灣是中國的一部分。台灣的現住民百分之九十五以上是漢民族。台灣漢族民間故事是台灣漢族民間的集體創作，最能反映台灣漢族基層民眾的人生觀和價值觀；也可以從這當中略窺台灣漢族基層民眾的精神風貌。一般人民在青少年時，或多或少聽了些民間故事。他們從這些故事中認識了人生，認識了歷史社會和生活環境。他們也從這些民間故事中，走進了傳統的文化領域和倫理道德的涵義。他們也被這些民間故事教導了怎麼樣來適應這社會習慣和禮俗。使他們在這個固有文化的社會中生活。

我幼時常聽過「虎姑婆」、「白賊七」、「傻女婿」等民間故事；稍大也知道「鄭成功」、「吳鳳」等人的神奇故事。這些故事雖然並不是我的全部思想，但它卻常常在我的腦海中浮現；迨至中年，我研究了國父思想。也瞭解國父思想厚植於現代台灣知識份子的思想中，但台灣漢族基層民眾也有未受國父思想所影響的。但台灣漢族故事卻已經根深柢固地盤錯在台灣漢族基層民眾中。如果深信國父思想，而又瞭解台灣漢族民間故事，不就可以看出台灣的知識份子和基層民眾的思想全貌了嗎？這就是我把國父思想和台灣漢族民間故事比較研究的原因。

國父思想的著作，汗牛充棟。台灣漢族民間故事，以前散見於報刊雜誌中。迨至民國七十八年六月，遠流出版事業股份有限公司出版了「中國民間故事全集」。其第一集就是《台灣民間故事集》。這一民間故事分為兩部分。一、台灣漢族民間故事，二、台灣高山族民間故事。本文祇談台灣漢族民間故事。

台灣漢族民間故事，總共搜集了七十篇。其分七大類。（一）起源傳說、（二）地方風物習俗土特產傳說、（三）歷史與傳說人物故事、（四）生活故事、（五）幻想故事、（六）動物寓言故事、（七）笑話。這些故事對於台灣價值和貢獻，我不做評論；我祇選些有思想和國父思想做個比較研究。當然這樣的缺失和不週延的地方一定很多，所以請前輩方家多多包涵與指教。

二、國父思想與台灣漢族民間故事比較研究

（一）國父思想的哲學基礎，是民生哲學。

國父認為「古今一切人類之所以要努力，就是因為要求生存。人類因為要有不間斷的生存，所以社會才有不停止的進化。」（註二）因此「人類全部歷史，即是人類為生存而活動的記載。」（註三）

台灣漢族民間故事中，也有不少篇章，其哲學基礎也是民生哲學的。例如「土地公和土地婆」的故事，就是說人類為求生存，最重要的是努力工作，誠心誠意的行善。又如「阿水伯坐吃山空」、「土地公公曬白銀」，就是說人類不努力工作，就是有金山和銀山也無法生存。這正和國父哲學思想相同。

國父思想基於民生哲學，而對於人生的看法：認為需要「互助、服務、力行」。這在台灣漢族民間故事中，也可以找到這一類的故事。例如「賴半街與羊販」就是教人互助。例如「猴子紅屁股的故事」其中主人翁——女孩金枝，就是抱著力行、服務人生

觀。國父說：「人類則以互助為原則」（註四），「順此原則則昌」。（註五），這是不易的道理。台灣的人民不是秉持這一原則，順著這一原則，才有今天的繁榮與富裕嗎？

（二）民族問題

（1）反抗外族侵略：國父從人類歷史來觀察，認為人類為求生存，常常遭遇到了重大問題。而最先遭遇到的是民族問題。國父對於民族問題解決的原則，是主張平等的「國內各民族一律平等」（註六），「世界各民族一律平等」（註七），反對外族侵略。

台灣的開發，祇有四、五百年的歷史，其第一個遭遇到的問題，是民族問題。鄭成功先是反抗滿族入侵，繼之驅逐荷蘭人而開發台灣。因此台灣漢族民間故事中，鄭成功的地位特別崇高。例如「劍潭」，就是鄭成功投劍射殺鯉魚精而成潭的；又如「鶯歌石」，也是鄭成功砲打妖石而成的；還有「劍井」，也是鄭成功插劍成井；再如「鐵甲將軍」，就是鄭成功封壁虎為神蟲的故事。這些故事雖然有點神奇，但卻是台灣的漢族先民為了紀念鄭成功對民族社會的貢獻，而編撰傳頌不已的傳奇故事。國父研究人性，認為「人類最早具有獸性，後來進化到人性，再由人性達到神性」（註八）。所以我國人為了崇高報德，常常把一些偉人奇士提升至神的地位，然後建廟祭祀。所以台灣漢族民間故事中，有了不少神話和神蹟，這是台灣社會的有情有義的世界。

「鴨母王」朱一貴是繼承鄭成功反清復明的天地會領導人。台灣漢族民間故事中，稱讚其為人「豪爽慷慨」又有「很多是來自大陸的明朝遺民、志士、仁人、奇僧、俠客都是他的好友。」其指揮鴨群，雖也有點神奇，但其結局失敗。因此沒有像鄭成功被捧為神明——開台聖王，享有廟祭；神蹟也沒有了。

日人據台，抗日英雄，可歌可泣；歷史記載，連篇累牘；但是台灣漢族民間故事中，祇有一個廖添丁。

廖添丁雖然有民族意識，以反抗日本人的欺侮，但缺乏遠謀宏規，又未能結合同志做有計畫的抗爭，祇以其超群技擊、靈敏的行動。竊取日人財富，以救濟窮苦同胞，以打擊日本警察的聲譽。這樣雖然在基層民眾中，獲得不少掌聲，但卻不足以成大事。最後傷死於台北縣八里鄉，雖有一義賊廟，但香火侷限於一地。

鄭成功、朱一貴、廖添丁都是民族主義的實踐者。但由於分屬三個時代，在台灣漢族的民間故事中，鄭成功最受崇拜；朱一貴卻在滿清刻意消滅漢人民族主義的影響下，神蹟不彰；廖添丁冠上賊名，更使民族主義蒙上灰塵。

（2）復興民族的方法：國父對於復興民族提出了四個方法。就是「1、恢復民族精神，2、恢復固有道德，3、恢復固有智能，4、學習歐美長處。」（註九）在台灣漢族民間故事中，卻祇有第一、二這兩個方法。茲分述如下：

1、恢復民族精神：國父說：「我們今天要恢復民族的地位，便先要恢復民族的精神。」（註十）總統　蔣公也說：「我們今天要恢復民族的地位，便先要恢復民族的精神。」（註十）總統　蔣公也說：「一個民族珍視他自已的歷史，愛護他自已的文化，……這就是民族主義的精神所在。」（註十一）台灣寶島由於地理關係，與中國大陸遙隔一台灣海峽，因此開發較遲。但是台灣漢族民間所流傳下來的故事，還是很多從中國大陸來的：例如「媽祖婆和大道公」、「千里眼和順風耳」、「七爺和八爺」、「邱罔舍的故事」、「虎姑婆」、「過年緣起」、「水仙花」、「三叔公」、「啬公的臨終」等，這些民間故事，祇要長大在中國大陸福建省的人，都是耳熟能詳的；這些在台灣島上被漢族民間的基層民眾所珍視所愛護的，正是中華文化的一部份，也是民族精神的所在。

2、恢復固有道德：國父說：「有了很好的道德，國家才能長治久安。」（註十二）台灣漢族民間故事中，這一類倫理道德的故事特別多，茲分門別類的略述如下：

（A）誠——國父：「我們要感化人，最要緊的，就是誠。」古人說：「至誠感神」，（註十三）台灣漢族民間故事中的「紅雨和馬角」就是至誠感動上天的故事。

（B）忠——國父說：「我們在民國之內……還要盡忠……要忠於國，要忠於民。」（註十四）台灣漢族民間故事中的「紅雨和馬角」的主人翁朱藩被番兵捉去，番王問他婚事，朱藩說：「……只要我做得到，我可以答應，但不可以侮及我的國家，要知道：『士可殺不可辱』」！這不是忠嗎？

（C）孝——國父說：「講到孝字，我們中國尤為特長，尤其比各國進步得多。」（註十五）在台灣漢族民間故事中，如「海水變鹼」、「金瓜石」、「冬至吃湯圓的故事」、「紅雨和馬角」、「鐵拐李和孝女阿秀」、「海龍王的女兒」、「媽祖婆和大道公」中的媽祖婆，都是鼓勵行孝的故事。

（D）仁愛——國父說：「把仁愛恢復起來，而去發揚光大，便是中國固有的精神」。（註十六）在台灣漢族民間故事中，講仁愛故事的有：「猴子紅屁股的故事」、「水仙姑」、「灶君的來歷」、「鐵拐李和孝女阿秀」、「媽祖婆和大道公」，都是

說仁愛者有福；還有「海水變鹼」中的阿魁，「林半仙」、「水鬼做城隍」、「白賊七」，都是壞人不得好報的故事，以懲戒大家不可心存歹念，以免遭天譴。

（E）信義　國父說：「中國所講的信義，比外國要進步得多。」（註十七）在台灣漢族民間故事中，「選婿」、「七爺八爺」、「溫王爺隔海購料」，是講信義的；「周成過台灣」、「林投姊」、「無某無猴」是說無情無義的人，下場相當悽慘。

（F）和平　國父說：「中國更有一種極好的道德，是愛和平。」（註十八）在台灣漢族民間故事中，如「紅雨和馬角」雖是敵國，但卻招起親來；又如「太陽和月亮」、「媽祖婆和大道公」是男人追女人，但其追求過程，還算是和平的。

綜上觀之，人類是不斷在進化的。在台灣漢族民間故事的時代，正是我國民族主義的萌芽時期；而到了國父時代，我國民族主義已經發展成熟了。故國父的民族主義，不論從其涵義、特質和內容上來衡量對比，都較台灣漢族民間故事中的民族意識堅強而有力，充實而豐富。這是一種進化現象，也是必然的結果。總統蔣公研究國父思想，更詳細的指出：「三民主義是淵源於中國固有的政治與倫理哲學的正統思想。」（註十九）台灣漢族民間故事中的倫理哲學為什麼會與國父思想中倫理哲學相同呢？其原因在於同為中國固有思想的一部分。

（三）民權問題

台灣漢族民間故事流傳的時代，大部分是在明末以後的時代，那時「無論為朝廷之事，為國民之事，甚至為地方之事，百姓均無發言或與聞之權。其身為官吏者，操有審判之全權，人民身受冤枉，無所籲訴……」（註二十），而民間的冤枉，處處皆有。國父說：「世界潮流，由神權流到君權，由君權流到民權。」（註二十一）那時台灣沒有民權，君權在中國大陸又遙不可及，所以很多冤枉祇能訴之神明。在台灣漢族民間故事中，談鬼神的篇幅也就特別多了。例如「土地公和土地婆」、「媽祖婆和大道公」、「清水祖師、烏面祖師」、「溫王爺隔海購料」、「七爺八爺」、「周成過台灣」、「林投姊」、「火金姑」、「鬼王」、「蛇郎」等等，都是由鬼神來伸張正義排解人間的不平。祇有一個故事：「阿順子鄉里行俠」，是靠自立自強的力量來擺脫地方強權的壓迫，這算是民權的影子。

由此可見台灣漢族民間對於民權和法治精神異常欠缺。國父思想中的主權在民、權能區分、五權分立、全民政治、革命民權、均權制度、地方自治，雖然與歐美的民權思想有異，但也多少受著歐美學者盧梭、孟德斯鳩等人的影響，及其獨自見到而創獲的。

而這些民權思想在台灣漢族民間故事中，都是一片空白。所以在台灣基層民眾中，對於民權法治的認識模糊不清。這就是我們今天推行民主憲政遲緩不彰的主要原因，也就是我們今後所要致力的地方。

（四）民生問題

人類為求生存，將不斷地改進生活。而台灣漢族民間故事發生的年代，正是我國長期停滯在農業社會生產落後的時代，那時人民普遍貧窮。尤其是鄭成功開發台灣的初期。鄭成功為了解決民生問題，採用的方法，有部分與國父思想略同。國父說：「中國之患在貧，貧則宜開發富源以富之。」（註二十二）鄭成功為了開發富源，所以移兵屯墾，但卻缺乏水源，所以台灣漢族民間故事中，有「楊姑爺馳馬得地」，這是鄭成功鼓勵親屬部下開荒屯墾的故事；「劍潭」、「劍井」這是開拓水源的故事；台灣漢族民間故事中，另有「二八水」，也是防洪開河、神仙指點的故事。「金瓜石」、「李田螺一夜致富」，即是發現金礦和石油的故事；還有「愛玉凍」、「新港飴」，即是發現新食品的故事。在台灣歷史上，開荒拓地的民間故事，比較出名的，還有「吳沙開發蛤仔難（即宜蘭）」、「王世傑開發竹塹（即新竹）」、「曹公圳」等。在台灣漢族民間故事集中，尚未編入，或許因其事已載史書，故未採錄。

以上這些是和國父思想相同者，但也有與國父思想有別者。茲分述如下：

（一）戒貪知命：

國父說：「欲謀人類之幸福，當先謀人類之生存。」（註二十三） 國父這裡所說的「人類生存」，就是人類基本生活需要；至於人類之幸福，是指滿足追求安適、繁華的生活慾望。在台灣漢族民間故事中，偏重在戒貪與知命。戒貪的故事有：「仙洞的米壺」、「半屏山」、「海龍王的女兒」、「海水變鹼」等；知命的故事有：「一貴破九賤」、「一賤破九貴」、「乞丐命」等。戒貪知命，安分守已，可以促使社會國家和諧安定；但國父思想如民生主義、實業計畫，還要再進一步地開發富源，發展交通、礦產、工業，以創造均富的社會幸福的人生。

（二）施仁的方法：

1、行仁須合乎道義：我國文化以儒家為中心。儒家學說以孔孟為主流。孔曰成仁，孟曰取義。仁義並行，方法穩當。國父認為行仁「須合乎道義」。（註二十四）孔子也說：「君子惠而不費。」（註二十五）在台灣漢族民間故事中，有些故事行仁過分施捨、過分犧牲。如「猴子紅屁股的故事」、「鐵拐李和孝女阿秀」。這兩個故事的主

人翁，都是小女孩，都對老乞丐行仁施捨，都遇到了神仙，都有了善報。可是時代的巨輪不斷地前進，神仙也跟著飛馳的世界輾轉而消失。我們聽到這兩位小女孩犧牲所有而行仁施捨，恐怕不是現代人所能接受的；因為現代這個社會中騙子不少，君不見報上常常登載：歹徒利用民眾行仁施捨的慈悲懷襟，假扮和尚尼姑托鉢化緣，以遂發財心願；或是登門慈善捐獻，大肆敲詐，祇享錢財不盡義務，這容易養成社會惰性。所以太優厚的社會福利，或是大鍋飯的共產制度，都會帶來不少後遺症。國父說：「三民主義即仁之所由表現。」（註二十六）也就是實行三民主義就是行仁的最好的表現。

蔣經國先生在江西省贛南當行政專員時，有一天「在上猶的街上，碰到一個討飯的老太婆，我（蔣先生）看她太可憐，就拿了兩塊錢給她，後來你（上猶縣長王繼春）對我說：『這兩塊錢是不應該給的，因為像這樣窮的人實在太多了，倘使每一個人要發錢，那麼我們根本沒有這許多錢。大家還是從解決根本問題上來著想。』我覺得你這兩句話是非常對的。」（註二十七）這就是俗語說的「送魚不如教他們結網打魚」的道理。

國父思想中的民生主義，就是解決根本問題的好方法。國父說：「中國之患在貧，貧則宜開發富源以富之；惟富而不均，則仍不免於爭，故思患預防，宜以歐美為鑑，力謀社會經濟之均等發展，及關於社會經濟一切問題，同時圖適當之解決。」（註二十八）於是決定解決我國民生問題的兩條途徑，就是經濟開發和預防不均。國父為了經濟開發，著有實業計畫；為了預防不均，提出「平均地權和節制資本」。（註二十九）

台灣光復以後，中央政府遷台，即大力奉行國父思想。台灣在日據時代，到處有乞丐，如我所居住的彰化縣鹿港鎮。據鹿港鎮復興路一位高齡七十五歲的鄰長說：「鹿港復興路衛生所一帶，在日據時代就是乞食寮（或稱乞丐營）。」但自從實行三民主義以後，乞丐沒有了，所以行仁最好的方法是實行三民主義，這是台灣的經驗。

1、劫富濟貧不合時代潮流：「在台灣漢族民間故事中，有一則「義賊廖添丁」。廖添丁認為「日本人一天到晚壓榨老百姓搜刮錢財，害得我們吃不飽穿不暖。而去偷錢救濟貧民。」這一種行為，竟然大快人心，並且影響民心。但這種方法，實在無法解決貧窮問題，而且很容易影響治安，鼓勵不守法，其遺害之大，可使民主法治精神瓦解。

三、一個嶄新的台灣民間故事

民間故事是民間的口頭文學創作，不受時間限制，而且是推陳出新的。下面是一則嶄新的台灣民間故事：

近。

大約在十多年前（中華民國六十五年），我到了桃園縣復興鄉旅遊，住在角板山附近。翌晨，我到角板山以前日本總督行館，光復後改為總統蔣公復興行館。適有一位當地八十高齡的老嫗也在行館前梅園散步。我詢問老嫗：「聽說總統蔣公也常在此園賞梅？」老嫗說：「是的，並常至附近村裡與民眾話家常。」又說：「總統蔣公心地仁慈，老百姓真是懷念他老人家。以前日本總督要來時，就先戒備森嚴，誰也不能靠近這一行館。總統蔣公相當隨和，喜歡親近老百姓。所以總統　蔣公來後，角板山也就沒有颱風了。不然在日據時代，我們住在角板山上居民的茅草屋蓋，總是被颱風吹到對面山頂，而且現在山上的居民健康長壽，也繁榮富裕起來了。」這是角板山上山村老嫗所講的台灣民間故事。

這一故事一直飄浮在我的腦海中，雖然和鄭成功的神蹟有點類似，但由於時代不同，其際遇也可能不一樣，但今天記錄下來，也有其價值和意義。

四、結　語

教育方法中，有因材施教因地施教，有類化原則，從舊經驗擴大到新經驗，從已知類推到未知，這是先瞭解台灣漢族民間故事，再傳播國父思想最易成功的捷徑。

基層民眾是國家的底；底中有缺，能不補救嗎？從台灣漢族民間故事中，可以看出台灣基層民眾最缺乏的是民主法治的精神；其次是解決民生問題的認識也有瑕疵。這是奉行國父思想時，必須加強的地方。

研究台灣漢族民間故事，可以深入地瞭解台灣漢族基層民眾的一般想法，對於建立全民共識，頗有裨益，並祈先輩方家不吝賜教。

附　註

註　一　：見國父《中國革命史》。

註　二　：見國父《民生主義》第一講。

註　三　：見總統蔣公《三民主義之體系及其實行程序》。

註　四　：見國父《民生主義》第一講。

註　五　：同前。

註　六　：見〈中國國民黨第一次全國代表大會宣言〉。

註　七　：見國父《欲改造新國家當實行三民主義》。

註　八　：見國父《孫文學說》第四章。

註　九　：見國父《民族主義》第二講。

註　十　：同前。

註十一　：見總統蔣公〈中華民國六十三年元旦告全國軍民同胞書〉。

註十二　：見國父《民族主義》第二講。

註十三　：見國父《言語文字的奮鬥》。

註十四　：見國父《民族主義》第六講。

註十五　：同前。

註十六　：同前。

註十七　：同前。

註十八　：同前。
註十九　：見總統蔣公《國父遺教概要》。
註二十　：見國父《倫敦被難記》。
註二十一：見國父《民權主義》第一講。
註二十二：見國父《三民主義之具體辦法》。
註二十三：見國父《社會主義之派別及批評》。
註二十四：見國父《軍人精神教育》。
註二十五：見《論語》堯曰二十。
註二十六：見國父《軍人精神教育》。
註二十七：見蔣經國《風雨中的寧靜》第三〇四頁。
註二十八：見國父《三民主義之具體辦法》。
註二十九：見國父《民生主義》第二講。

（原載於《革命思想雜誌》第七十一卷第六期）

三、三民主義思想教育研究

一、研究動機

自從共產主義在俄國生根後，世界為之震憾；第二次世界大戰後，東歐、中國大陸相繼關進鐵幕；越南、寮國、高棉隨著沉淪，世界動盪不安。我們為了生存，為了救國救人類，祇有消滅共產主義，因此不能不特別重視思想教育。

共產主義植根於唯物哲學，再經過馬克思的幻想和騙局，渲染成了美麗誘人的「理想國」、「烏托邦」（註一），發展成了一套思想意識型態。這一套思想意識型態，衍生出了理論策略，迷惑了不少年輕膚淺的人和國家。

今天我們如要消滅共產主義思想，就非加強三民主義思想教育不為功。先總統蔣公說：「我們要根絕共產主義，必須實行三民主義。」（註二）又說：「全國都實行三民主義的教育，中國國民革命運動纔能普遍發展。」（註三）由此可見三民主義思想教育的重要性。

中華民國憲法第一條規定：「中華民國基於三民主義，為民有民治民享之民主共和國。」這明白地說：三民主義是我國立國的基礎，而三民主義的思想教育研究，是每一位教育工作人員應該做的事。這也就是我選擇了這一研究專題的動機。

二、研究目的

本於對共產主義的體認以及對三民主義思想教育研究的動機，確立了下列數項目的：

（一）探討三民主義思想教育的重要性。
（二）瞭解三民主義思想教育的演進。
（三）瞭解我國實施三民主義思想教育的過程。
（四）探討我國實施三民主義思想教育的得失。
（五）提出三民主義思想教育的改進意見。
（六）指出三民主義思想教育的發展方向。

三、研究過程與方法

本研究主要採用歷史研究法、文獻分析法，經由觀察、分析、綜合整理其要點，以為撰寫報告的依據，以達研究的目的。

四、研究結果

（一）人類最早的思想教育

國父說：「古今一切人類之所以要努力，就是因為要求生存。人類因為要有不間斷的生存，所以社會才有不停止的進化。」（註四）人類為求生存，曾經不斷地遭遇到了問題，經過了不斷地努力，終於不斷地解決問題。而解決問題的方法與經驗，累積起來就是知識；這種知識的傳授，就是教育。

人類最早的教育，就是為求生存的教育，也就是三民主義的思想教育，當時談不上有系統、有計畫。但他們在生活中進行教育；也在教育中過著生活。所以說：「生活和教育，教育和生活的關係，是分不開的。」（註五）。

人類由草昧進入文明，最先開始應用石器。其對於石器的製造，則有製造石器的教育。不過那時候的教育，祇是自我琢磨或自我教育，或是教育其子孫、家人或其夥伴。

「我國歷史最早的教育記載：要以燧人氏鑽木取火，教人火食；有巢氏教民營宮室。」（註六）神農氏教人耕種，到了黃帝時代：「伯余作衣裳，邑夷作車。」（註七）這些仍然是生活教育。都是人類為求生存，而做的種種努力。

國父說：「人類要能夠生存，就須有兩件最大的事：第一件是保，第二件是養。」（註八）保就是自衛，屬於民族主義部分；養就是覓食，屬於民生主義部分。「但人類要經營保和養兩件事，必然會遭遇到許多障礙和競爭，所以人類便要有權，以資奮鬥，而維持生存。雖然權的演進過程，有神權、君權和民權之分，可是無論是神權、君權或是民權，就其作為奮鬥的憑藉，以維持人類生存來講，都是一樣的。引申來說：『民權的作用，也就是要使一般國民能夠獲得美滿的生存，並達成進化的目的』。」（註九）由此可見，三民主義思想教育，自有人類以來則有的，是一種「順乎天理，應乎人情，適乎世界之潮流，合乎人群之需要。」（註十）的事，這是人類最早的思想教育，但那時並無三民主義這一名詞。

（二）我國三民主義思想教育的演進

1、三民主義思想教育與我國歷史同流發展

我國教育，較為可靠的信史，當自虞舜開始。（註十一）

虞舜時的教育，已能「在特定的場所，由特定的人員在特定的制度之下指導兒童或青年，學習某種事物之活動，故教育為人類活動之一部，而非全部。」（註十二）這時候的教育，已經脫離生活而獨立成立了政治的一個部門。但其實施情形，仍然政教合一，官吏兼任教師。

自夏、商、周以後，我國的教育思想，都以儒家思想為主流。儒家思想以仁為中心，特別重視倫理道德，注意禮儀規範；並具有世界大同的理想。國父說：「所以行仁的方法，則在實行三民主義。」（註十三）這是三民主義思想教育。倫理道德教育屬於民族主義思想教育；禮儀規範維持了社會秩序，屬於民權主義思想教育；大同思想是三民主義最終的目的，而其「天下為公，選賢與能」是屬於民權主義思想教育；而其經濟制度是屬於民生主義思想教育。由此可見三民主義思想教育與我國歷史同流發展的。先總統蔣公說：「三民主義是有所本的，其淵源所自，早在總理以前，與我中華民族之歷史生命同流發展」。又說：「而其本質和基本精神之所在，卻完全是由我們歷史文化的正統歷數千年一直傳下來的。」（註十四）而其最突出的歷史事實，有孔子稱讚管仲的話：「微管仲，吾將被髮左衽矣。」（註十五）孔子尊重汪踦：「『能執干戈衛社稷』

且勿殤重」。（註十六）這是民族主義思想教育；其次，孟子以「民為貴，君為輕。」（註十七）的思想教育學生；西漢「周亞夫細柳營嚴禁馳車，連同天子也不例外。」（註十八）這些是民主法治的思想，是民權主義的思想教育；孔子說：「天下不患貧，而患不均」。（註十九）以及周公的「井田制度」，（註二十）這些是民生主義思想教育。

2、三民主義思想教育的創建

國父於二十歲時，與朋友交往，沒有不是宣揚三民主義的。而三民主義思想體系的創建過程：先有強烈的民族主義，繼有民權主義，到了倫敦蒙難後，考察歐美社會而完成民生主義。

國父先有口頭的講演，或短篇文章發表，無成本的著作問世。文章中專講三民主義的是民國八年親手所撰的一篇。這篇文稿，原定為《孫文學說》中的一卷，名曰『三民主義』。」（註二十一）

「民國十年以後，中山先生便致力於《國家建設》一書的完成。《國家建設》一書，較前三書為獨大：內涵有民族主義、民權主義、民生主義、五權憲法、地方政府、中央政府、外交政策、國防計畫八冊。而民族主義一冊已經脫稿；民權主義、民生主義二冊，亦草就大部。……不期十一年六月十六陳炯明叛變，砲轟觀音山，竟將數年心血所成之各種草稿，並備參考之西籍數百種，悉被燬去，殊可痛恨。」（註二十二）

「迨至民國十三年一月，中國國民黨第一次全國代表大會在廣州召開，『值國民黨改組，同志決心從事攻心之奮鬥，亟需三民主義之奧義，五權憲法之要旨，為宣傳之資。於每星期演講一次，由黃昌穀君筆記之，由鄒魯君讀校之。』」（註二十三）

國父演講《三民主義》，在《民族主義》第一講中說：「今天先講民族主義。這次國民黨改組，所用救國方法，是注重宣傳。要對國人做普遍的宣傳，最重要的是演明主義。」（註二十四）要以主義喚起民眾。這件工作，我們可以從國父的談話、演講，以及文章中，可以看出。國父要以三民主義思想來教育一般民眾，使民眾力行三民主義，並使之成為三民主義國家建設的推動者。

國父對於三民主義思想教育非常重視，而其對象是全民的，不分男女老幼。為了要使民眾懂得三民主義，所以國父提出了訓政時期。為什麼要有訓政時期以教育民眾呢？我們可以從下列幾段文獻加以說明：

（1）「美國政治學者古德諾（Frank J.Goodnow）向袁世凱提出說帖，主張在必要條件具備時，中國可以恢復帝制，因中國人民的政治能力過低，不宜於共和政體。孫先

生當時承認中國人民的政治能力尚低，但拒絕接受古德諾所謂民主政治時機尚未成熟，而不能採用共和政體的結論。孫先生指出：如果人民尚知如何行使民權，應該給他們一個學習的機會。……而中國人民今日初進共和之始，蓋當有先知先覺之革命政府以教之。中國人民受專制之毒過深。仍可做其養成適於民主政治的新習慣。此訓政時期所以為專制入共和之過程所必要也，非此則必流於亂。」（註二十五）這是國父要以革命政府來教育人民，這是三民主義思想教育的基本主張。

（2）「美國哈佛大學政治學教授何爾康認為孫先生的革命程序論非常合理。」（註二十六）這也就是說明要建設三民主義的國家，必先要有三民主義思想教育才能成功。

（3）「陳其美致黃興書有云：『其後中山先生退職矣，欲率同志為純粹在野黨，專從事擴張教育，振興實業，以立民國國家百年之大計。』（註二十七）民初的中國，民智未開，所以要實行訓政，也就是以三民主義來教育民眾。國父在讓臨時大總統給袁世凱後，就主張同盟會的同志們，在野從事教育與實業。這就是要從教育入手的訓政時期。這一訓政時期，革命政府所要教育人民的當然是三民主義的實行，這就是三民主義思想教育的創建時期。

3、三民主義思想教育政策的制定與實施

三民主義思想教育的對象，是全民的；但其最有效的方法，還是在學校裡頭進行。利用學校的設備、課程以及師資，做有計畫、有系統的施教。這可從民國十三年黃埔軍校開始。

「黃埔軍校設有政治科。國父任命胡漢民講授三民主義。」（註二十八）

「民國十五年國民革命誓師北伐，經過湖南、湖北、江西各省，所到之處，各學校自動講授三民主義，幾乎由小學、中學至大學，同時進行。」（註二十九）

國民政府奠都南京以後，三民主義思想教育漸漸地建立完整的系統。有計畫、有步驟地在政府設立的學校中及中國國民黨的訓練單位開課實施。

而正式為政府的教育行政機關，用來做為實施目標與方針的，還可溯自民國元年起：

「民國成立，改制更新，教育宗旨亦有改變。民國元年所定教育宗旨，為『注重道德教育，以實利教育，軍國民教育輔之，更以美感教育，完成其道德。』」（註三十）

民國成立，第一任教育總長蔡元培先生，係同盟會會員，深受國父三民主義思想的影響，故其所提的教育宗旨，包含了三民主義的思想教育。如注重道德教育，就是公民

教育，屬於民權主義思想教育；實利主義教育，美感教育是屬於民生主義思想教育；軍國民教育是屬於民族主義思想教育。這雖然不是完整的三民主義思想教育體系，但也是包含了大部份的三民主義思想教育了。

可是民國元年，袁世凱竊國，蔡元培先生的教育宗旨，並未實行於全國。

而三民主義思想教育的正式制定為教育宗旨及實施方針，當以民國十七年五月大學院召集第一次全國教育會議起。

該會議決將黨化教育改為三民主義教育。所謂三民主義教育，就是：「恢復民族精神，發揮固有文化，提高國民道德，鍛鍊國民體格，普及科學智識，培養藝術興趣，以實現民族主義。灌輸政治知識，養成運用四權之能力；闡明自由界限，養成服從法律之習慣；宣揚平等精神，增進服務社會之道德，訓練組織能力，增進團體協作之精神；以實現民權主義。養成勞動習慣，增高生產技能，推廣科學之應用，提倡經濟利益之調和，以實現民生主義。提倡國際主義，涵養人類同情，期由民族自決，進於世界大同。」（註三十一）

上項議案於民國十七年八月由大學院呈請中央政治會議通過。民國十八年一月第三次全國代表大會重行規定教育宗旨及實施方針。

教育宗旨規定如下：「中華民國之教育，根據三民主義，以充實人民生活，扶植社會生存，發展國民生計，延續民族生命為目的。務期民族獨立，民權普遍，民生發展，以促進世界大同。」（註三十二）

「並公布教育實施方針以及三民主義教育實施原則。」（註三十三）「於民國十八年一月中國國民黨第四次全國代表大會修正通過。」（註三十四）

三民主義思想教育政策既定，當然要貫徹實施，而其實施，最有效的方法及場所就是學校。

民國十七年二月，國民政府教育部頒佈「小學暫行條例」，正式將三民主義列為小學課程。

民國十八年八月，教育部頒佈「中、小學暫行標準」列有「黨義」課程，以講授三民主義，「大學規程」也列有「黨義」。

民國二十一年「中、小學課程標準」，不再設「黨義」課程，而將「三民主義思想」，分別融化於國語文、史地等科目中。

民國二十八年八月教育部頒佈「大學文理法農工商各學院分系必修及選修科目表」將「黨義」改為「三民主義」是必修課程，一直到行憲後，才改為選修科。

民國三十五年制憲國民大會，制定中華民國憲法，第一條明白規定：「中華民國基於三民主義，為民有、民治、民享之民主共和國。」但如何建設這一三民主義民主共和國呢？惟有實施三民主義思想教育，才能培養三民主義的健全國民，才能建設三民主義的新中國。

民國卅八年政府遷台後，鑑於三民主義思想教育的重要性，在大、中學校恢復三民主義課程。

民國五十三年，由教育部通令，大專院校將「三民主義」改稱「國父思想」，為共同必修科目。

民國五十三年中國文化大學設立三民主義研究所。以後，政工幹部學校、國立台灣大學、政治大學以及中央研究院，也相繼成立三民主義研究所。

民國六十五年十一月十二日中國國民黨在陽明山中山樓召開第十一次全國代表大會，會中通過了「加強三民主義教育思想功能案。」內容包括「基本認識」與「加強措施」兩大部分。「加強措施」包含了貫徹既定政策方針，改進學校教學，重視學術研究，發揮社稷功能，加強黨員訓練等五項。辦法具體切實可行。

民國七十年，中國國民黨第十二次全國代表大會，更提出「三民主義統一中國方案」，這也是我國教育政策和方針。我國教育正邁步地往這一方向發展，而且在世界各地成立三民主義統一中國大同盟，以廣播三民主義思想教育的種子。

4、三民主義思想教育的發皇

三民主義思想教育，在廣義方面，包括了社會教育。國父在滿清末年，深深感覺到帝國主義的侵凌，政府的腐化，為了救國救民。先有民族主義的發生，再有民權主義及民生主義的成熟。

而國父三民主義思想，正式在報刊雜誌上闡揚其真諦，並宏揚開來，以成為一種思潮，以影響國人的思想，那是《民報》發刊詞。在《民報》之前，陳少白所創辦的《中國日報》。吳稚暉、蔡元培、章炳麟諸位知名學者在上海發行的《蘇報》、于右任在上海辦《神州日報》、《民呼報》、《民吁報》不斷鼓吹民族主義。

其他雜誌，有宋教仁、陳天華創辦《二十世紀之支那》，還有《浙江潮》、《江蘇》、《新湖南》、《湖北學生界》、《直說》等。

至於書籍的著作，即有鄒容的《革命軍》、陳天華的《猛回頭》，都能發揚民族精神。（註三十四）以後繼續發揚三民主義的著作，有戴傳賢的《孫文主義的哲學基礎》、胡漢民的《三民主義的連環性》。

而發揚國父思想，最有成就的——就是先總統蔣公中正先生。他在民國二十四年九月發表了《國父遺教概說》以後，陸續有《中國經濟學說闡述民生主義經濟》。民國四十二年又有《民生主義育樂兩篇補述》，終於完成了國父未竟的三民主義思想體系。而其長子蔣經國先生，也對三民主義有所闡述。其他如任卓宣、林桂圃、傅啟學、蔣一安、林有土、朱諶等人，甚至於組織了國父遺教研究會，專力貫注於三民主義的研究，並辦有刊物革命思想。三民主義思想的發揚，在復興基地台、澎、金、馬，確實有了輝煌的成就，此可謂三民主義的發皇時期。

5、三民主義思想教育的成就

國父的三民主義思想形成之後，就不斷加以傳播，不但形成了一種思想浪潮，而且也發展成了一種堅定信仰和一種偉大力量。這一股有形的力量就是國民革命運動。國民革命的成就，有如下數項：

（1）推翻滿清，建立民國。

滿清末年，帝國主義的侵凌，更暴露了滿清的顢頇無能。因此，經國父登高一呼，辛亥一役，推翻了滿清，建立了亞洲第一個民主共和國，這是民族與民權主義思想教育的重大成就。

（2）肅清軍閥，完成統一。

民國成立後，帝制遺毒，並未肅清。致有袁世凱稱帝，溥儀復辟，軍閥擅專。幸有先總統蔣公領導國民革命軍誓師北伐，一時民族主義、民權主義的思潮，洶湧澎湃，終於完成統一。這是民族主義、民權主義思想教育的再一次成就。

（3）對日抗戰，廢除不平等條約。

民族主義促成了我國的民族復興；而列強帝國主義卻嫉妒我國的民族強大，尤其是日本帝國主義，恨不得於三個月滅亡我中國。「五三慘案」、「九一八事變」、「七七事變」，接踵而至。而因激發了我中華民族的民族意識空前未有的洶湧澎湃。「國家至上、民族至上」，「意志集中、力量集中」，終於八年的抗戰獲得勝利，這是民族主義發揚到了淋漓盡致的時期，也是我民族主義思想教育的興盛時期。

（4）三民主義遏止了共匪的進展

民國九年，共產國際派了胡定斯基到了我國來組織中國共產黨，就是陰謀破壞我國的開始。由於我國三民主義思想教育的發展，而阻撓了共產主義思想的赤化運動。但在八年的對日戰爭，使得共產匪黨坐收漁利。也因而遲至民國三十八年，才竊據中國大陸。而今天復興基地三民主義建設的成功，更能有效地遏止共產主義思想的污染，並有信心地把三民主義帶回中國大陸。

（5）復興基地建設的成功

民國三十八年，中央政府播遷來台，就決心實行三民主義。其成就最顯著的：有民族主義建設，復興了中華文化，學術教育，與世界文明國家，並駕齊驅；其次是民權主義建設，地方自治、民主憲政奠定了良好的基礎；而民生主義建設，更有輝煌的成就。「台灣經濟奇蹟」光耀閃亮。可以成為開發中國家的楷模，是世界各國所羨慕的。

五、討論——三民主義思想教育的探討

三民主義思想教育雖然有了上述幾項輝煌的成就，但也有下列幾項缺失：

（一）就民族主義而言：民族主義的根本就是民族精神。而這一精神，在東征、北伐、抗戰時期，確實有了充分的發揚光大。而在復興基地台灣，最近卻出現了台獨思想。這一民族分裂主義，竟然不知愧疚地公開宣揚，由此可見民族主義並沒有完全團結了整個大中華民族。檢討其所以未能完全成功的原因，可有兩點值得重視的：一是國父打倒滿清，國人一致抗日，以及廢除不平等條約……這些民族復興運動，未在台灣轟轟烈烈地進行過；另一是滿清以及日人治台，徹底地消滅了我國的民族主義。台灣光復

後，社會教育不夠落實；學校教育又因大專聯考，升學主義作祟，沒有從根剷除滿清利用漢奸的思想，以及日本皇民化的遺毒，再加上帝國主義的挑弄，竟然出現了背叛自已民族的幽靈。這是三民主義思想教育值得探討的問題之一。

（二）就民權主義而言：民權主義的精華，在於「天下為公，選賢與能」。而在復興基地台灣，這些年來的選舉。賄選盛行，暴力囂張。由此可見民權主義思想教育，尚未完全成功。至於解嚴後，所謂「民主進步黨」的脫法行為，阻撓交通，破壞安寧，以及所謂「自力救濟」，更充分暴露了法治精神的喪失，這是三民主義思想教育值得探討的問題之二。

（三）就民生主義而言：復興基地台灣的國民，有不少人祇知個人發財，而不顧及社會大眾；更不知利益相調和的民生主義。至於財富平均，這是國家實行民生主義的政策。但這一「民生主義的真諦——均富。」（註卅五）最近已經被次層文化瘋狂的「大家樂」及地下經濟所破壞；政府雖然及時停止愛國獎券的發行，但仍有「六合彩」的狂賭，也使不少人傾家蕩產，荒廢了事業，「不勞而獲」的觀念，依然深深地烙印在人們的心版上。股市狂飆、熱錢套滙、違法走私、特權壟斷，處處都在破壞民生主義的經濟建設，這是三民主義思想教育值得探討的問題之三。

六、結論——今後如何加強三民主義思想教育

三民主義思想教育關係到我國的興亡以及人類的禍福。今天凡是有良知、有血性的中國人，都應該加以重視。但今後如何加強三民主義思想教育的功能呢？個人認為要從下列幾方面做起：

（一）加強中國國民黨的黨員訓練，以發揮思想領導的功能——中國國民黨幹部訓練，設有革命實踐研究院，這是三民主義思想教育的中心。由這一中心再擴大到全黨的黨員。據一般估計：中國國民黨的黨員數約有二百多萬。（註卅六）這二百多萬人佔了復興基地的人口總數的十分之一。如果這十分之一的黨員，其三民主義的思想，能夠散播開來，其對於三民主義思想教育的功能，一定可以發揮相當大的力量；可惜中國國民黨過去及現在的作法，都是偏重於吸收黨員，而忽略了黨員的思想訓練，致使三民主義思想教育的功能，並未充分發揮。今後如果加強了黨員的思想訓練，一定可以使這一三民主義思想能在復興基地生根、茁壯。而且可以傳播至大陸、海外，以及世界各個角落。

（二）積極利用各鄉鎮圖書館、文化中心等社教機構——自從十二項建設中，規畫

了各縣市的文化中心以後，各鄉鎮的圖書館，也不斷地興建起來；可是有了硬體設備，而三民主義書籍卻不夠充實。尤其是三民主義思想教育功能的發揮，更是貧乏。今後如何利用社教機構，以進行三民主義思想教育，是值得加以研究推行的。

（三）加強各級學校三民主義思想教育功能——社會的三民主義思想教育，以中國國民黨黨員及社教機構為中心，加以推廣。而學校的三民主義思想教育，也應該加以充實。茲分為高等教育、高中高職教育、國民教育三方面加以論述：

1、高等教育方面：高等教育是研究學術的重鎮。如何使三民主義學術思想成為主流，這是中央研究院三民主義研究所以及各大學三民主義研究所所要努力的方向；同時各大學的國父思想課程，也需不斷地努力充實。

2、高中高職教育方面：高中高職設有三民主義課程，這祇是三民主義思想教育在高中高職校的根本。至於如何使三民主義課程與各科聯繫，使高中高職教育三民主義化，以落實教育宗旨的實施，這是一項重大的任務。

3、國民教育方面：國民教育分為國小及國中兩階段。它們雖然沒有三民主義課程，但它們有生活與倫理這一科目。這一階段教育是國民義務教育，是全民都要受的教育。如果三民主義思想教育在這一階段打下了堅牢的根基，那麼三民主義的思想教育必定可以完全成功。而今天三民主義思想教育之所以未竟全功。其檢討結果，當在於國民教育的三民主義思想教育，並未達成任務所致的。今後如能從國民教育的師資、經費、設備著手，以促使國民教育三民主義化，那麼三民主義思想教育必能成大功、立大業。

（四）大眾傳播——國父一再叮嚀我們：要「喚起民眾。」如何喚起民眾呢？在今天最好的工具，就是利用的大眾傳播。

總之，三民主義是我們的建國理想。至於如何達到這一理想，這是我們每一個國民的任務，也就是三民主義思想教育功能所欲達成的目標。願全國同胞們，共同努力吧！

七、參考資料

（一）王宗漢著，馬克斯主義批判，台北：黎明文化事業公司，民國六十三年十月。

（二）葉青著，馬克斯主義批判，台北：帕米爾書店，民國六十三年十一月。

（三）先總統蔣公全集，台北：中國文化大學，民國七十三年十月。

（四）國父全集，台北：中央文物供應社，民國六十三年六月。

（五）田培林編著，效育史，台北：正中書局，民國四十二年八月。

(六)陳致平著，中華通史，台北：黎明文化事業公司，民國六十三年四月。
(七)黎東方著，細說史前中國，台北：晨鐘出版社，民國五十九年十月。
(八)王鳳喈著，中國教育史，台北：國立編譯館，民國三十四年渝初版。
(九)張弘益著，三民主義之考證與補遺，台北：怡然書舍，民國七十三年二月。
(十)吳相湘編撰，孫逸仙先生傳，台北：遠東圖書公司，民國七十三年三月。
(十一)羅家倫著，七十年來之中國國民黨與中國，黨史史科編纂委員會，民國五十三年十一月。
(十二)張載宇著，三民主義教育研究，台北：國父遺教研究會，民國七十五年九月。
(十三)李雲漢著，中國近代史，台北：三民書局，民國七十四年九月。
(十四)李國祈編著，中國歷史，台北：三民書局，民國六十三年三月。
(十五)黎東方著，蔣介石序傳，台北：聯經出版事業公司，民國六十三年十一月。
(十六)劉世澤編著，三民主義育的實施，台北：北辰出版社，民國五十一年七月。

（十七）崔載陽著，現代教育思想，民國六十二年七月。
（十八）民國十七年五月全國教育會說報告。
（十九）中學教育法令彙編。
（二十）加強民族精神教育的想法與做法，台灣省教育廳編印，民國六十三年十一月。

註解

註一：見《先總統蔣公全集》第一冊二六一頁。
註二：見《先總統蔣公全集》第三冊三八一四頁。
註三：見《先總統蔣公全集》第一冊五三〇頁。
註四：見國父著《三民主義演講本民生主義第一講》。
註五：見田培林著《教育史》。
註六：見陳致平著《中華通史》。
註七：見黎東方著《細說史前中國》。

註八：見國父著《三民主義民族主義第一講》。
註九：見《先總統蔣公全集》。
註十：見國父著《孫文學說》。
註十一：見王鳳喈著《中國教育史》。
註十二：見王鳳喈著《中國教育史》。
註十三：見國父著《軍人精神教育》。
註十四：見《先總統蔣公全集》。
註十五、十六：見《論語》。
註十七：見《孟子》。
註十八：見陳致平著《中華通史》。
註十九：見《論語季氏篇》。
註二十：見陳致平著《中華通史》。
註二十一：見張弘益著《三民主義之考證與補遺》。

註二十二：見《國父全集》。

註二十三：見《國父全集》。

註二十四：見國父著《三民主義》。

註二十五：見吳相湘著《孫逸仙先生傳》。

註二十六：同前。

註二十七：同前。

註二十八：同前。

註二十九：見周世輔著《五十年來三民主義教育的發展》。

註三　十：見王鳳喈著《中國教育史》。

註三十一：見民國十七年五月《全國教育會議報告》。

註三十二：見《中學教育法令彙編》。

註三十三：同前。

註三十四：同前。

註三十五：見羅家倫著《七十年來之中國國民黨與中國》。
註三十五：見先總統蔣公《土地國有之要義》。
註三十六：見《實踐月刊》第七七五期二八頁。

（原載於《革命思想雜誌》第六十九期第五卷）

國家圖書館出版品預行編目

海嘯：下沉一片綠 / 游施和著. -- 一版. --
臺北市 : 秀威資訊科技, 2005[民 94]
面； 公分. 參考書目 : 面
ISBN 978-986-7263-63-6(平裝)

857.7 94016523

語言文學類 PG0069

海嘯：下沉一片綠

作　　者 / 游施和
發 行 人 / 宋政坤
執行編輯 / 李坤城
圖文排版 / 羅季芬
封面設計 / 羅季芬
數位轉譯 / 徐真玉　沈裕閔
圖書銷售 / 林怡君
法律顧問 / 毛國樑　律師
出版印製 / 秀威資訊科技股份有限公司
台北市內湖區瑞光路 583 巷 25 號 1 樓
電話：02-2657-9211　傳真：02-2657-9106
E-mail：service@showwe.com.tw
經 銷 商 / 紅螞蟻圖書有限公司
台北市內湖區舊宗路二段 121 巷 28、32 號 4 樓
電話：02-2795-3656　傳真：02-2795-4100
http://www.e-redant.com

2005 年 7 月 BOD 一版
定價：210 元

讀　者　回　函　卡

感謝您購買本書，為提升服務品質，煩請填寫以下問卷，收到您的寶貴意見後，我們會仔細收藏記錄並回贈紀念品，謝謝！

1.您購買的書名：____________________

2.您從何得知本書的消息？

□網路書店　□部落格　□資料庫搜尋　□書訊　□電子報　□書店

□平面媒體　□ 朋友推薦　□網站推薦　□其他__________

3.您對本書的評價：(請填代號　1.非常滿意 2.滿意 3.尚可 4.再改進)

封面設計____　版面編排____　內容____　文/譯筆____　價格____

4.讀完書後您覺得：

□很有收獲　□有收獲　□收獲不多　□沒收獲

5.您會推薦本書給朋友嗎？

□會　□不會，為什麼？____________________

6.其他寶貴的意見：____________________

____

____

____

讀者基本資料

姓名：____________　年齡：______　性別：□女 □男

聯絡電話：____________　E-mail：____________

地址：____________________

學歷：□高中(含)以下　□高中　□專科學校　□大學

□研究所(含)以上　□其他__________

職業：□製造業 □金融業 □資訊業 □軍警 □傳播業 □自由業

□服務業 □公務員 □教職　□學生 □其他__________

請貼
郵票

To：114

台北市內湖區瑞光路 583 巷 25 號 1 樓

秀威資訊科技股份有限公司　　　收

寄件人姓名：

寄件人地址：□□□

(請沿線對摺寄回,謝謝!)